災厄令嬢の
2

災厄令嬢の不条理な事情２

使用人が私だけに甘すぎて身の危険を感じるのですが！

中　村　朱　里

S　Y　U　R　I　　N　A　K　A　M　U　R　A

一迅社文庫アイリス

リヒト
ストレリチアス家のただ一人の使用人。老若男女問わず、人気を誇る美貌の持ち主。自称頭脳労働派なため、肉体労働には消極的。実は＜七人の罪源＞のひとりでもある。
ウカ
マリオンに懐いた子狐。マリオンに家族として扱われている。
マリオン
ストレリチアス聖爵家の令嬢。いつも不運に見舞われるものの、不運にめげない屈強な精神と災難に備える武力を身につけている。王太子との婚約は解消され、現在リヒトと恋仲になっている。

シラノ
ストレリチアス
聖爵家の当主。
マリオンの叔父。

ベル
シラノが拾ってきた
子虎。シラノは猫だと
思い込んでいる。

ロクサーヌ
シラノのお見合い
相手である
男爵家の令嬢。

アガタ
シラノのお見合い
相手である
豪商の令嬢。

オフェリヤ
シラノのお見合い
相手である
侯爵家の令嬢。

災厄令嬢の不条理な事情★2

使用人が私だけに
甘すぎて身の危険を
感じるのですが！

Characters

用語説明

七人の罪源
かつて王国を支配していた七人の悪しき魔法使い。現在は封印の魔術により、獣の姿に堕とされていると言い伝えられている。

七大聖爵家
七人の罪源を封印した、七つの元侯爵家の現在の称号。封印した代償に、七人の罪源から呪われ、常に不運や災禍に見舞われている。
短命であることが多く、六つの家は断絶している。

ストレリチアス家
≪寛容≫を司る七大聖爵家の一つ。一族の者は総じて心が広いため、騙されやすい。労働こそを美徳としている。

イラストレーション◆鳥飼やすゆき

The misfortune follws the Unlucky lady and

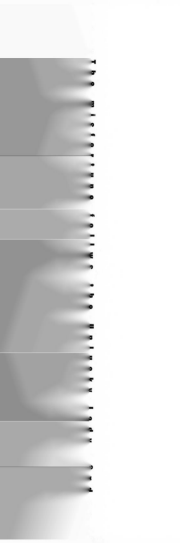

序章　本日はお日柄もよく

　こうしてきちんとドレスに袖を通したのは久々だった。貴族の令嬢にはふさわしくない作業着ではなく、今は亡き母の形見のとっておきのドレスだ。十人並み程度でしかない容姿だと自覚はある。だが、これで少しは人に見られても恥ずかしくないものになれているのではないだろうか。そう自分に言い聞かせて、マリオン・ストレリチアスは、にじんだ手汗で長く伸ばした鈍色《にびいろ》の癖毛を撫《な》でつけた。続けて世間では珍しいとされる銀灰色《ぎんかいしょく》の瞳を伏せて、ふう、と気休めに溜息《ためいき》を吐き出す。

　マリオンが現在いるのは、自宅であるストレリチアス邸である。領内でも一位、二位を争うほどに広大な敷地を有するが、修繕が追い付かない老朽化により、幽霊屋敷ともっぱら評判の屋敷の、その玄関ホールだ。

「大丈夫かしら」

「どうだろうねぇ」

「もう、叔父《おじ》様ったら。そんな他人事みたいに仰《おっしゃ》って」

「うーん、自分のことなのは解《わか》っているつもりなんだが、ねぇ」

困ったなぁ、とのんびりと首を傾《かし》げるのは、マリオンと同じ鈍色の髪をいつも以上に丁寧に後方へと撫でつけた叔父、シラノ・ストレリチアスだ。御年《おんとし》三十二歳の彼は、《寛容》の聖爵位を冠するストレリチアス家現当主である。マリオンと同様にとびぬけて容姿が優れているわけではないが、育ちの良さと人の好さがにじみ出る上品な雰囲気をまとった彼は、どこまでものんびりとした、いつも通りの彼だ。その姿に、ますます胸の内に不安が募《つの》っていく。

――私が、しっかりしなくちゃ！

悲壮な決意をひそかに固めていると、ぽん、と、肩の上に手が置かれる。その大きくも白く滑《すべ》らかな手の持ち主が誰であるかなんて、今更問いかけるまでもない。

「リヒト……」

「はい、おひぃさま。あなたのリヒトです。僕もいるということを、決してお忘れなく」

噛《か》み締めるようにその名を呼んだマリオンに対して、リヒトと呼ばれた青年は、にこりと微《ほほ》笑《え》んだ。老若男女《ろうにゃくなんにょ》問わず目を奪っていってしまうと評判の、優美な笑みだ。黄金よりも鮮やかに輝く濃金色の長い髪をうなじでまとめ、同色の瞳を甘く細めた、誰しもが認めるとびっきりの美貌を誇る青年は、ストレリチアス家における唯一の使用人である。

一人で抱え込む必要などないのだと。もっと頼ってかまわないのだと。優美な微笑みが、言葉にせずとも彼がそう考えていることを教えてくれる。

たったそれだけのことで、強張《こわば》っていた肩から力が抜けていく。そんなマリオンの足にふかふかとしたぬくもりが押し付けられる。ストレリチアス家長男坊、もとい子狐《こぎつね》のウカだ。幼い彼がますますすり寄ってきて、「ぼくも！」とばかりにきゅんと鳴く。マリオンのかんばせに自然と笑みが広がっていく。

「本当にマリオンもリヒトも、仲が良くなったねぇ。深まった、と言うべきなのかな」

ふふふ、と、どことなく娘を手放す男親としての寂しさを織り交ぜて、シラノは笑う。その発言と笑みに、マリオンは顔を赤らめ視線をさまよわせた。

そう。リヒトはただの使用人などではない。紆余曲折《うよきょくせつ》を経《へ》て、一か月前から彼は、マリオンのれっきとした〝恋人〟になった。未《いま》だに照れて恥じらってしまうマリオンに対して、リヒトは逆に堂々としたもので、「旦那様」とシラノに対して眉をひそめてみせた。

「僕とおひぃさまの仲についてはまったくもってその通りですが、今回の当事者は旦那様なのですからね」

「そ、そうですわ叔父様！　いくらこちらに拒否権がなかったとはいえ、花嫁候補の皆さんのことをないがしろになんてなさらないでくださいね。皆さん、叔父様にお会いするのをきっと楽しみになさって、わざわざこの地にいらっしゃるのですから」

「うーん……そうだねぇ……」

なんとも気のない返事である。やはり不安しか誘われない。どうしてこうなってしまったのかしら、なんて、きっと今更なのだろう。

あれもこれもそれも何もかもすべて、二日前届いた書状から始まった。


――ストレリチアス聖爵家当主の花嫁候補を、直接当家に送る、ですって!?


冗談でしょう!?　と、悲鳴を上げた瞬間を、つい数分前のことのように思い出せる。ストレリチアス邸に届けられたのは、薔薇《ばら》の紋章が示す通り、王家からの直接の通達であった。

その内容はこんなものだ。王都において選出したシラノの花嫁候補――それも一人や二人ではなく、そこまでやるかと問いかけたくなるくらいに大量の人数――を、このストレリチアス領に送り込むゆえ、その中から花嫁を選べ、とのことである。

――こちらが断ろうにも間に合わない日程で、この書状を送り付けてきましたね。

嫌悪と感心が入り混じるドスの利《き》いた声音でストレリチアス家唯一の使用人はそう吐き捨ててくれたものだ。花の王都と、ド田舎《いなか》のストレリチアス領。その間の距離は、一日や二日馬を走らせてなんとかなるようなものではない。にも関わらず、今回届けられた手紙に記された、シラノの花嫁候補がこのストレリチアス領に到着する予定日は、その書状が届いてから二日後――すなわち、本日であった。どう考えても、王家は確信犯だ。

この二日間でマリオンは広大な屋敷における数えきれないほどの部屋のうち、書状に記載されていた花嫁候補の人数分の客室を用意するために奔走《ほんそう》することとなった。ギリギリ滑り込む形でなんとか体裁を整えて、ようやく本日を迎えたというわけだ。

マリオンの耳に、玄関の扉の向こうから、馬のひづめがいくつも重なって届く。近付いてくるその音は、きっと王都からの馬車の音だ。

シラノに目配せを送ると、神妙に頷《うなず》いた彼は、玄関の扉を開け放し、さわやかな初夏の風の中へと足を踏み出した。リヒトが扉を押さえてマリオンを外へといざなってくれる。彼に頷きを返してシラノの後に続いたマリオンは、次の瞬間、サッと顔を青ざめさせた。

「おおおお叔父様っ！　お下がりになってくださいませ！」

なんだかやたらと馬のいななきが荒々しいし、地を蹴るひづめの音もこれまたやたらと乱れているわね、とは思っていた。だがしかし、まさか一台どころではなく二、三……そう、五台もの馬車が、一気に暴走してこちらに向かってくるだなんて思いもしなかった。

先頭を走る馬車の御者がなんとか手綱《たづな》を操り馬を治めようとしている。おそらくはあの先頭の馬車につられて、後方の四台の馬も暴れていると見た。

「リヒト！」

「はい、おひぃさま。どうぞ」

マリオンはリヒトが差し出してきた特製のパラソルをぱんっと開いて、彼にシラノとウカを任せてから、馬車に向かって走り出す。ぎょっと目を見開く先頭の御者に、マリオンは走り寄りながら笑いかけた。パラソルをかざして襲い来る土埃《つちぼこり》や石ころをはじき返しつつ、ぶつかる寸前でパラソルを閉じ、そのパラソルを軸にしてダンッと地面を蹴《け》る。そのまま御者台に飛び乗って、御者から手綱を奪い取った。

「いい加減に、な、さいっ！」

手綱を手首に巻き付けて、ぐっと手前に引く。高くいなないた馬の前足が宙を掻《か》いた。大きく馬車が傾くが、マリオンは器用に手綱を操り、荒い呼吸を繰り返す馬を再び地面に戻《もど》す。

先頭の馬車の停止を合図としたかのように、後方の四台も停車する。それを確認してから、マリオンは馬車から降りて、未だ興奮冷めやらぬ馬の顔を撫でた。

「ね、いいこ。大丈夫よ。落ち着きなさいな。なんにも怖いことなんてないわ」

人の手で撫でられることでようやく安心したのか、馬はブルルと小さくいなないた。御者も落ち着きを取り戻したようで、慌《あわ》てて頭を下げてくる。よかった、と笑みを返してから、後方の馬車にも視線を向ける。後方の御者の誰もが驚き硬直しつつも、怪我《けが》をしているような様子は見受けられない。そこまで確認してからようやくマリオンは安堵《あんど》の息を吐く。とりあえず大事に至らずにすんだらしい。

だが、のんびりしていられたのはそれまでだった。

バタン！　と、五台分の馬車の扉が一斉に開け放たれる。

息を飲むマリオンが目にしたのは、馬車から飛び出してくる色の洪水《こうずい》。初夏にふさわしい、色とりどりの華やかなドレスを身にまとった女性達が、それぞれの馬車から次から次へと飛び出してくる。見るからに上流階級にあると知れた、美しい令嬢達だ。

「っあ、その、え、ええと……ええ、お初にお目にかかります、皆様。長き旅路の中、よくぞいらっしゃいました。まずは当家の主人に……」

何はともあれ、まずは挨拶《あいさつ》だ。ストレリチアス聖爵家令嬢として、王都からはるばるやってきた女性達に礼を取るマリオンへと、彼女達の視線が一斉に向けられる。

容赦《ようしゃ》なく値踏みしてくる視線に、反射的にマリオンは身体《からだ》をびくつかせる。すると、彼女達の視線は、こちらの背後にそびえるストレリチアス邸の玄関先へと向かった。

「ああっ！　シラノ様！　お会いしたかった！」

そう声を上げるが早いか、白菫色《しろすみれいろ》の髪の女性が、足早ながらも優雅な所作で、ラベンダー色のドレスのすそをひるがえし、隣を駆け抜けていった。止める隙《すき》なんて一瞬もなかった。彼女の迅速《じんそく》な動きに、え？　とマリオンは瞳を瞬《また》かせる。

白菫色の髪の女性の行動に驚いていた他の女性達も、彼女の発言を噛み砕き、彼女が向かう先を視線で追いかけたかと思うと、シラノの元へと我先に足を急がせようとした。だがその前に、ちょうど彼女達とシラノの中間地点に立つ形になっていたマリオンに、次々に遠慮なく手荷物を押し付けていく。

「あなた、メイドね？　この荷物をお願いするわ」

「わたくしも」

「シラノ様、今まいりますわ！」

「ちょっと、あたくしが先よ！　ほらあなた、これも任せましてよ！」

「え、あ、ええっと!?」

　どさどさどさっと続けざまに大きな手荷物をいくつも渡されて、抗《あらが》うこともできずに、押し潰されるようにして尻餅《しりもち》をつく。座り込んだまま呆然《ぼうぜん》とする以外に何もできずにいるマリオンの視線の先では、叔父が女性達に囲まれて、すっかり困り果てていた。助けようにもどう助けていいものか解らない。そして自分が聖爵家令嬢ではなくメイドだと間違われたことについても、どうしていいものやら、といったところだ。

　きゃあきゃあとシラノの周りで小鳥のように口々にさえずる女性達は、皆総じて華やかで、本当に花のように美しく、愛らしい。彼女達が花だとしたら、自分はできたら野菜くらいにはなりたいものである。

「おひぃさま、大丈夫ですか？」

「ねぇリヒトはどう思って？」

「はい？」

　ウカと一緒にマリオンの元まで駆け寄ってきてくれたリヒトは、何を言っているのかと、器用に片眉を吊《つ》り上げた。また唐突に何を、とでも言いたげな様子だ。だが構うことなくマリオンは、真剣な表情で続ける。

「お花もとっても素敵だけれど、お野菜だってお腹《なか》の足しになって素敵じゃない？」

「――ああ、なるほど。そうですね。僕としては、どんな花でも野菜でも、おひぃさま。あなたであってくだされば、それが一番望ましい。逆を言えば、あなたでなくては、どんなものであっても何一つ意味がありませんが？」

マリオンの視線が向かう先を認めたリヒトは、こちらが言いたいことを敏《さと》く汲《く》んでくれたらしい。あなたはどうですか？　と逆に問い返され、んぐっと息を詰まらせる。そんなこと、簡単に言えるわけがない。答えを迫ってくる視線から逃れるためにさっと顔を背《そむ》けようにも、マリオンの顔はリヒトの両手によってサンドイッチにされてしまい、そのまま右にも左にも動かせなくなる。

「おひぃさま？」

「え、あ、えええええっと、その……！」

視線をあちこちにきょろきょろと遊ばせても、リヒトが顔を解放してくれる気配はちっともない。だらだらと冷や汗を流し出すマリオンの顔をサンドイッチにしたまま、リヒトは身をかがめた。

――――ちゅっ。

「～～～～っ！」

「ほら。花の蜜よりもずっと甘く、野菜よりもよほど人生を豊かにしてくれる。やはり僕の選択肢はおひぃさま一択です」

ようやくマリオンを解放してくれたリヒトは、深く笑った。荷物の中に座り込んでしまいそうになったところを、腰に腕を回されてすくい上げられるようにして支えられる。

もう幾度となく経験しているはずの至近距離。未だに緊張してしまう自分が情けない。

とはいえ、顔を赤くして硬直するマリオンで遊ぶのを、そろそろリヒトも勘弁してくれる気になったらしい。「それでは荷物を運びましょうか」と、それなりに大きさも重さもあるトランクや鞄《かばん》をいくつも両腕に抱え上げる。なんとかこくこくと頷きを返し、甘えたがるウカを長いドレスのすその下に隠し、マリオンもまた両手に手荷物を下げた。

「叔父様って、おモテになるのね」

「まああれは皆、旦那様に約束されている付加価値が目当てでしょうけれどね」

このままでは埒《らち》が明かないと悟ったらしいシラノの導きで屋敷の中へと消えていく彼と女性陣を見送って、その後に続く形で邸内に荷物を運び込むそばで、それはどういう意味かとリヒトを見上げる。リヒトは「簡単な話ですよ」と、つまらなそうに淡々と続けた。

「ストレリチアス家――《寛容》の聖爵家は、今やこの国において最も古き血の一つ。しかも今回の見合い話はローゼス……王家からの薦めです。貴族として成り上がりたい家には喉から手が出るほど欲しい縁ですよ。多少の災厄に目をつむってもね。まあどうせすぐにその意味を思い知り、逃げ帰ることになるでしょうが」

他人事のように呟《つぶや》く優美な横顔に、最後の聖爵家令嬢であり、〝災厄令嬢〟と呼ばれ恐れられている自覚のあるマリオンは、背筋をなんとも冷たい汗が伝っていくのを感じた。

「お、叔父様は素敵な方よ⁉　これを機会に叔父様にもきっと素敵なお相手が……！」

「ならばすべて破談になるに金貨十枚。おひぃさまはどうなさいます？」

「え、えっと……って、叔父様を賭けの対象にしないでちょうだい！」

いけない、うっかり流されるところだった。破談に金貨を十枚も賭けるなんて、と、眉根を寄せてみせても、リヒトは優美に微笑んだままだ。いつもと同じ微笑みであり、見慣れ切っているはずなのに、なぜだろう。寒気がした。

「では、今回の件において、旦那様がお相手を見つけられたならば、僕は誠意と責任をもって金貨十枚をストレリチアス家に捧《ささ》げましょう。その代わり、旦那様がお相手を見つけられなかった場合、おひぃさまも金貨十枚を僕に支払ってくださいね」

「じゅ……っ⁉　無理に決まってるじゃない！」

そんな大金なんて！　と、ぶんぶんかぶりを振ってみせれば、リヒトは「でしたら」と笑みを深めた。マリオンの答えなんて解り切っていたと言わんばかりのその笑顔。

「僕が賭けに勝ったそのときは、金貨十枚分のあなたを、僕にください」

そんな、と言葉を紡ぐよりも先に、「必ず」と強調するように言い添えて、リヒトはマリオ

ンの鈍色の髪のひとふさを持ち上げて、そこにそっと唇を寄せる。優しく、甘く、それでいて有無を言わせない強制力が、その口付けから伝わってくるかのようだった。

「約束ですよ」

「ちょ……っ！」

あぐあぐと口を開閉させるばかりのマリオンを置き去りに、リヒトは再び荷物を持ち上げて、屋敷の中へと消えていく。マリオンは持っていた荷物すべてを取り落とした。

金貨十枚分の、マリオン。それが何を意味するのか、どこまでが金貨十枚分なのか。ちっとも解らないけれど、とんでもないことになってしまったことだけははっきりと解る。

「……ね、ねぇウカ、どうしましょう？　どうしたらいいのかしら？」

足元の賢い子狐に問いかけても、まだ幼い彼には難しかったらしい。きょとんと瞳を瞬かせる彼を抱き上げて、むぎゅっとその腹に顔を押し付ける。鼓動の音がうるさくてたまらない。

「だ、大丈夫よ。ええ、叔父様は本当に素敵な方だもの。きっと同じくらい素敵な方がいらっしゃるはずだわ」

叔父の魅力を鑑《かんが》みれば、勝機は十分にある。ならばマリオンはシラノの姪《めい》として、彼の支えとなり、王都からわざわざやってきてくれた花嫁候補の女性達をもてなすだけだ。

「忙しくなるわよ、ウカ！」

気合を込めて宣言するマリオンの腕の中で、子狐は不思議そうに首を傾げるのだった。

第１章　新たな日々のはじまりに

リヒトとの賭けには、決して負けられない。その思いが、幸か不幸か、マリオンを駆り立てる原動力となった。

マリオンがメイドなどではなくれっきとしたストレリチアス家の令嬢であることは、花嫁候補達がやってきたその日に知れることとなった。だが、だからと言ってマリオンが聖爵家令嬢として尊ばれる、なんてことにはあいにくならなかった。

ストレリチアス家にやってきた花嫁候補達は皆、総じて上流階級の生まれにあり、カトラリーよりも重いものは持ったことがなく、自分一人ではドレスも着られないようなご令嬢達だ。王家からの命令として、彼女達はそば付きのメイドを一人たりとも連れてくることが許されなかった。ストレリチアス家が抱える問題と秘密を考慮すれば当然のことであるが、そんな事情など彼女達が知る由《よし》もない。となれば、マリオンがその役目――つまりはメイドとしての役割を求められるのは、自明の理だったと言えるだろう。

もとよりストレリチアス家にはメイドはいない。使用人はリヒトだけであり、彼が使用人らしいことをこなすかと言われればそんなことは決してない。となれば今まで通り、マリオンが料理、洗濯、掃除、何から何までしてのけるしかなかったのが要因として挙げられるが、マリオンの頑張りの理由はそればかりではない。

西棟の廊下でドレスのすそにごみが付いたと騒ぐ令嬢がいれば、駆け寄ってひざまずきごみを取り、ついでにその場の床を雑巾でぴかぴかに磨く。東棟の書庫で高い位置の書棚に収められている本に手が届かないと嘆く令嬢がいれば、またしても駆け寄って脚立《きゃたつ》を寄せて、一冊あたりが分厚く、かなりの長編であるその本のシリーズ全巻を下ろして手渡してみせる。

――私、今、すっごく輝いているわ！

濡《ぬ》れ雑巾で滑って転んでも、脚立が壊れて尻餅《しりもち》をついても、マリオンはそれはもう生き生きと働いた。ストレリチアス家の家訓は、労働ある富。花嫁候補達の世話に追われて今まで以上に忙しくなったが、この労働の果てに金貨十枚が待っているのだ。そう思えば、にこにことびっきりの笑顔で、とある令嬢のコルセットのリボンをぎゅっと結べるものである。

一緒にいたがるウカをスカートのすそに隠しながら、広大なストレリチアス邸をマリオンは文字通り奔走《ほんそう》し続けている。その姿を見せつけられた花嫁候補達は、当初はマリオンに対し〝聖爵家令嬢〟、〝シラノ様の姪御《めいご》様〟と敬意を捧《ささ》げてくれようとしたのだが、わずか一日でそんなことはすっかり忘れてこちらのことをメイドとして扱うようになった。どんとこいである。もとより期待していなかったし、何よりこの労働の果てには金貨以下省略。

マリオンはリヒトとの賭けに勝つつもりだ。だからこそ妥協するつもりはなかった。花嫁候補達の世話に駆けずり回る姪の姿に心を痛めたシラノが、「私も手伝うよ」と自ら買って出てくれたが、丁重にお断りさせていただいた。

――雑務は私に任せて、叔父様《おじ》は皆さんとご交流を深めてくださいませ。

シラノが自ら花嫁を選ばなくては何も意味がないのだ。リヒトとの賭けがなかったとしても、マリオンは心からシラノの幸福な結婚を応援していた。だが、しかし。

「……叔父様、随分お疲れのご様子よね」

花嫁候補達がやってきてから、三日。高い脚立に上ってテラスの大窓を磨きつつ、ぽつりと呟《つぶや》く。つい先ほど、とうとうかしましい周囲に耐えかねたらしい叔父は、「ちょっと散歩に行ってくるよ」と言い残してふらふらと屋敷を出て行ってしまった。そのおかげで、花嫁候補達は皆、今は休戦とばかりにそれぞれ割り当てられた客室に引っ込んでいる。ストレリチアス邸は、久々に静かな時間を取り戻《もど》していた。

「大丈夫かしら」

ストレリチアス家に生まれた者として、シラノもまたマリオンと同じく不運と災難を約束されている。うっかり道に落ちている果実の皮に足を取られて川に落ち、そのまま、とか。もしくは猟師が用意したまま撤去するのを忘れた獣対策の罠《わな》に引っかかり動けなくなって、これまたそのまま、とか。そのほかにもあれそれと、様々な災厄が十分あり得る。慣れているとはいえ、今の疲れ切った叔父が、襲い来る不運や災難に対処できるのか、どうにも不安が残る。

「やっぱり迎えに……」

「おや、誰をですか？」

「きゃっ⁉」

「おっと」

突然かけられた声に思わず身体《からだ》をびくつかせれば、その衝撃に耐えきれなかったらしい古びた脚立の天板が、音を立てて砕けた。花嫁候補達がやってきて以来、二つ目の脚立の逝去《せいきょ》である。脚立だってタダじゃないのに！　と内心で悲鳴を上げつつ、そのまま足が宙に浮いて身体が投げ出されたマリオンを、無駄なく引き締まった力強い腕が難なく受け止めてくれた。

「ご無事ですか、僕のおひぃさま」

「リ、ヒト。その、ありがとう。助かったわ」

「いいえ、当然のことをしたまでです」

にっこりと笑みを深める彼に、それ以上何も言えなくなってしまう。放してほしいという気持ちを込めてその意外と固い胸板を押し返しても、それ以上の力で抱き込まれる。かあっと顔を赤らめて、うろうろと視線をさまよわせると、いつぞやと同じようにまた顔をサンドイッチにされてしまう。

「おひぃさま。褒美をいただけますか？」

煮詰めた砂糖よりも、とろける蜂蜜よりも、もっとずっと甘い声だ。ひゃっと肩を跳ねさせるマリオンを楽しげに見つめてくるリヒトの、その笑顔が近付いてくる。どうしよう、と思っても、ここまでされてはもうどうしようもない。覚悟を決めて、マリオンは瞳を閉じた。

そしていいよ、吐息すら触れ合う距離となり、それから――……。

「マリオン！　リヒト！　手を貸しておくれ！」

「はい叔父様！　お任せくださいな！」

「っ!?」

突然割り込んできたシラノの声に、マリオンはほとんど反射的に目を開けて、同時に目の前にいたリヒトを容赦《ようしゃ》なく突き飛ばした。

その瞬間、それまでの甘やかな笑顔が嘘《うそ》のようにリヒトの表情が凶悪になる。苛立《いらだ》たしげな彼の視線に気付かないまま、マリオンは悲鳴のように叫んだ。

「お、叔父様!?　どうなさいましたの!?」

息抜きの散歩に出かけていたはずのシラノは、すっかりずぶ濡れになっていた。普段はきちんと後ろへ撫《な》でつけているはずの前髪は乱れ切り、あちこちから水滴がしたたり落ちている。

「ご近所さんのお庭の水やりに巻き込まれて？　それとも水たまりの上を通った馬車に？　そうでなかったら、まさかまた局地的なにわか雨の襲撃ですか？」

マリオンの問いかけに、シラノは大きくかぶりを振り、自らの腕を見下ろした。その視線を追いかけたマリオンは、彼の腕の中の存在に大変遅ればせながらにして気が付いた。

「叔父様、このこは……」

叔父が自ら脱いだ上着の中に、大切そうに包まれていたのは、彼と同じく濡れそぼった毛玉だった。上着に埋《うず》められているその顔はこちらからはうかがい知れないが、見事な虎柄から察するに、おそらくは猫だろう。先ほどまでとは違った意味合いで顔色を変えるマリオンに、シラノは深く頷《うなず》いた。

「川でおぼれているところを見つけてね。なんとか助けられたんだが、すっかり身体が冷えてしまっていて……」

そっと気遣わしげに濡れた毛玉を撫でる手つきは、とても優しい。そのぬくもりに応えるように、もぞ、と毛玉がわずかに身じろぎする。なるほど、シラノがずぶ濡れなのは、この猫のためであるらしい。ならばマリオンからは何も言うことはなく、すべきことは決まっている。

「解《わか》りましたわ、叔父様。まずはお風呂を。それから、身体のあたたまる食べ物……そうですね、猫が食べても大丈夫なミルクがゆを作りましょう」

「頼めるかい？」

「もちろんですとも。叔父様もご一緒にあたたまってくださいね。リヒト、お風呂をお願いできるかしら……あら、リヒト？」

振り返った先にいるストレリチアス家唯一の使用人である彼は、何やら、それはそれはとっっっっても、不服そうで不満そうな顔をしていた。予想外の表情に、マリオンはきょとんと瞳を瞬《またた》かせる。

「どうしたの？」

「……いいえ、別に、なんでも。かしこまりました、おひぃさま」

それでは、とやはり家人として完璧な一礼をしてみせたリヒトは、そのままマリオンの隣を通りすぎていった。通りすぎざまに、名残惜《なごりお》しげに彼の手が、マリオンの鈍色《にびいろ》の長い髪のひとふさを拾って、そのまま離れていく。

ほんの一瞬であったというのに、大層丁寧に触れられたと確かに解るそのひとふさに、リヒトのぬくもりが残っているようだった。どきりと大きく胸を跳ねさせて硬直するマリオンは、心だけさらわれ、身体だけ置き去りにされたような気分になる。だが、ぼんやりしている場合ではない。

「それでは叔父様は、その猫さんと一緒にお風呂へ。私は厨房《ちゅうぼう》に向かいますわ」

「ああ、マリィ。頼んだよ」

「お任せくださいな」

そしてマリオンは、中庭から駆け寄ってきたウカと一緒に、ぱたぱたと急ぎ足で厨房に向かった。幸いなことに、屋敷のあちこちにいる花嫁候補達は、この騒ぎに気付いていないらしい。今はお相手していられないからちょうどよかった、と安堵《あんど》しつつ、手早くミルクがゆを作り上げる。シラノ用の、蜂蜜で甘みをつけたホットミルクも、トレイの上に並べた。

よし、と一つ頷いて、シラノの寝室へと急ぐ。

「叔父様！　お待たせしました！」

トレイを片手に、ノックをする時間すら惜しんでシラノの寝室のドアを開け放つ。そこでは既《すで》に部屋の主であるシラノがベッドに腰かけており、そのそばにリヒトが控えていた。そしてベッドの中心には、ブランケットのかたまりがドドンと居座っている。

シラノも、彼が助けた猫も、急を要する状態ではないようだ。マリオンはほっと息を吐く。

そしてリヒトへと視線を向け、改めて礼を伝えようとしたのだが。

「……リヒト？　どうしたの？」

「おひぃさまもごらんになれば解りますよ」

「え？」

何の話だろう。リヒトは、常に余裕を湛《たた》えた彼らしからぬ表情を浮かべていた。焦《あせ》っているわけではないが、なんというかこう、〝面倒なことになった〟とでも言いたげな表情である。

その切れ長の濃金の瞳が、ちらりと、ベッドの上のブランケットのかたまりへと向けられた。

彼の視線を追いかけつつ、シラノにトレイを差し出すと、マリオンの愛すべき叔父は嬉《うれ》しそうに微笑《ほほえ》んで、トレイの上からまずミルクがゆの器を持っていってくれる。

「助かるよ。とりあえず手近にあった、私が作った焼き菓子を上げてみたんだが、それだけでは足りないようでね。ほら、お嬢さん。あたたかい食べ物だよ」

シラノがブランケットのかたまりに優しく呼びかけると、もぞもぞとそれが動く。そしてほどけたかたまりの合間から覗《のぞ》いた存在に、マリオンは大きく目を見開いて固まった。

「お、叔父様、その、『猫』……」

「ああ、かわいいだろう？　よかった、元気が出てきたみたいだ。さすがマリィだ」

次から次へとミルクがゆをねだる『猫』に、シラノはすっかりまいってしまっているらしい。幼いころからともにすごしてきたマリオンすらも知らないような甘い顔で『猫』を愛《め》でる叔父を横目に、マリオンは、無言で事の次第をうかがっているリヒトの横にすすすと移動した。

敏《さと》く気の利《き》く使用人は、心得たようにすっとシラノに背を向け、マリオンと同じ高さになるようにその長身を折る。マリオンもその後に続いて相変わらず『猫』にめろめろのシラノに背を向け、「ね、ねぇ」とこそこそとリヒトの耳元でささやく。

「あの『猫』……猫じゃないように見えるのは、私だけかしら」

「奇遇ですね、おひぃさま。僕の目にもまったく猫には見えません」

「そ、そうよね!?　あ、あれ、あのこ、猫じゃなくて虎よね!?」

声量を抑えつつも、悲鳴はどうあっても悲鳴にしかならなかった。

濡れそぼり丸まっていたときには気付かなかった。だがこうしてベッドの上にごろりと寝そべる姿を見てみればどうだ。まるで美しい海のように澄んだ瞳は、深い青。耳は三角ではなく丸みを帯びたもの。シラノが運ぶスプーンをくわえる口から覗く牙は、大層大きく鋭い。手足は猫のそれよりも明らかに太く立派だ。極めつけのその毛並みの虎柄は、明らかにその辺の猫のそれではない。虎である。

シラノの発言から察するに雌《めす》であるらしいが、それはこの際大した問題ではない。成人男性が抱えられる大きさの、子虎なのである。

「虎って、まさか、まさかだとは思うけれど、その」

「……残念ですがあの瞳、ものすごーく見覚えがあるんですよね……」

「うそおおおおおお……」

マリオンは頭を抱えてその場にうずくまった。続いてリヒトもその隣にひざまずき、そっと背を撫でてくれる。いつになく優しく労《いた》わられている。その優しさがいつもならば嬉しいのに、今はなぜだろう、ただただ逆に辛《つら》い。

虎。それはウカ……狐と同じく、《七人の罪源》が、現在においては七大聖爵と呼ばれる、当時の七大侯爵家による封印の魔術にて堕《お》とされたとされる、七種の獣の内の一種である。

かつての旧《ふる》き時代において、このレジナ・チェリ国を支配し、圧政を敷いた悪《あ》しき七人の魔法使い——《七人の罪源》の末路は、おとぎ話でもたとえ話でもなくれっきとした事実だ。その生き証人が、リヒトである。彼こそが、《強欲》たるリチェルカーレ＝マモン＝グロキシニアスだ。彼は狐《きつね》の姿を、幼いマリオンと出会うまで強《し》いられていた。

七大聖爵家による封印が完全に解ければ彼らは本来の人間としての姿と魔力を取り戻すとさ

れ、だからこそ《七人の罪源》が堕とされたとされる七種の動物……獅子《しし》、狼《おおかみ》、熊、蛇、狐、山羊《やぎ》、虎は、この国において忌《い》み嫌われる。マリオンの足に「はやくぼくにもおかゆちょうだい！」とまとわりつくウカが花嫁候補達の前に出ないのはそういうわけだ。

その七種の動物の内の一角、虎。その辺をうろうろしているわけがない動物が、今この場にいる。しかも他ならぬ、シラノ・ストレリチアスが連れ帰ってきたのである。この時点でもう嫌な予感しかしない。

「……虎と言えば、《暴食》だったかしら」

「ご名答です。《暴食》の魔法使い、ベルゼブブ。それがあいつの名前でしょう」

重々しい溜息《ためいき》とともにリヒトが吐き出したその名前。幼いころ教え込まれた、聖爵家と王家にだけ伝わるのだという禁忌《きんき》たる名前の響きに、今度こそマリオンは大きなめまいを感じた。

いや、だがしかし、まだだ。まだ諦《あきら》めるのは早い。自分だけの問題ならばいざ知らず、シラノにだって危険が及ぶかもしれないのならば、自分だって心を鬼にしてみせる。子虎には回復次第、丁重にお帰り願おうと、しゃがみ込んだまま肩越しに背後を振り返る。そして後悔した。

「ふふ、かわいいね。ほら、もっとお食べ」

マリオンの視線の先では、メロメロでろでろに笑み崩れたシラノが、大層嬉しそうに子虎の口に、甲斐甲斐《かいがい》しくミルクがゆを運んでやっていた。その姿に、頭の中で警鐘が鳴り響く。

「お、叔父様、その……」

いつまでもしゃがみ込んでいるわけにはいかない。ふらつきそうになる足元をリヒトに支えられることでなんとか耐えながら立ち上がり、恐る恐るシラノに声をかける。

彼はようやく子虎から視線を外し、こちらを見てくれた。マリオンと同じ銀灰色《ぎんかいしょく》の瞳に、そこはかとなくどころではない大きな決意が宿っている。

「マリオン。この猫のお嬢さんを、当家の新たな家族として迎え入れようと思うんだ」

――叔父様、ですからそのこは猫ではなくて虎です！　どう見ても虎なんです‼

と、言いたくても言える雰囲気ではない。突っ込みどころが多すぎてどこから突っ込めばいいのか解らない。

これで本当に『彼女』が『猫』……いいや、ただの『虎』であったならば、マリオンだって否を唱えようとは思わない。むしろ家族が増えることを素直に喜んだだろう。たとえストレリチアス家の宿命に巻き込まれる者が増えることになったとしても、マリオンは新たな家族のことを、ウカと同じように守り通してみせると誓ったに違いない。

だがしかし相手は、リヒトの反応から察するに、ほぼ確実に《七人の罪源》の一角が一人、《暴食》の魔法使い。そうそう簡単に受け入れるなんてできるはずがない。

「叔父様、お気持ちは解りますが、ですが、その」

「ああ、解るよ。このこを聖爵家の宿命に巻き込むことになる。マリオンにも余計な苦労をかけることになるだろう。その点についてはすまないと本当に思っているんだが」

「いえあのそれは別に構わないのですが」

だから問題はそこではないのだ。けれど子虎のことをすっかり『猫』だと思い込んでいる叔父に、なんと説明したものだろう。

シラノはストレリチアス家の当主として、緘口令《かんこうれい》が敷かれている一か月前における王都の一件の経緯と顛末《てんまつ》について詳細《しょうさい》に……もしかしたら当事者であったマリオン以上に詳《くわ》しく知らされている。ああそうだ、ならば彼が今撫でている『猫』だって《罪源》である可能性が極めて高いということを伝えてしまっても問題はないだろう。さすがの叔父も、それを聞かされたらいくらなんでもその『猫』を受け入れるような真似はできないはずだ。

「叔父様、ええと、その『猫』は」

「いやなに、ここ最近もっぱら、私は……その、まあ、なんというか、平たく言えば癒しが」

「いやし」

思わず反芻《はんすう》するマリオンに、シラノは深く頷く。

「そう。癒しが……マリィに対するウカのように、私も癒しが欲しくて………」

はははははは、と、遥《はる》か彼方《かなた》を見つめるシラノの笑い声は空虚なものだった。マリオンはもう何も言えなくなってしまった。最近の叔父の心労を改めて思い返すと胸が詰まる。

そのままシラノに撫でられ続けている『猫』ではなく子虎へと視線を向けた。

ちょうどこちらへと頭をもたげた子虎の瞳とばちりと目が合う。綺麗《きれい》な瞳だった。どこまでも澄んだ深い青だ。そのままじいと見つめ合っていたのはほんの数秒であったはずなのに、なぜだか大層長い間見つめ合い続けていた気がした。

ふいっと顔を背《そむ》けたのは、子虎が先だ。疲れたように自らの前足に顔を埋める子虎に、シラノは「休ませてあげなくてはね」とこれまた甲斐甲斐しくブランケットをかけ直してやっている。二人きり、もとい一人と一頭だけにするのは不安があったが、「休ませてやりたい」というシラノの意向に逆らうこともできず、マリオンはウカを抱き上げ、リヒトをともなって、シラノの寝室から出ることにした。

「叔父様、何かございましたら、すぐにお呼びくださいね」

「ああ、ありがとう、マリィ」

「いいえ」

それでは、と一礼して寝室を後にする。すぎた動揺のせいか、心なしか足元がふらついてしまうけれど、隣のリヒトが心得たように支えてくれるおかげで事なきを得る。

「……リヒト」

「はい」

「どうしましょう」

「どうしようもありませんね」

「そうなのよね……叔父様のあのご様子じゃ……！」

どうやらも何もなく、もう彼の中で、子虎を迎え入れることは決定事項であるらしい。《寛容》なるストレリチアス家においても群を抜いた心の広さを誇り、とんでもないお人好しで、その押しの弱さには定評があるシラノだが、一度こうと決めたら何をどうしても、てこでも動かない御仁であることを、マリオンはよく知っている。となればもうできることは一つだけだ。

「諦めるしかないなんて、そんな、叔父様に何かあったらっ！」

他に選択肢《し》がないとはいえ、納得できるわけがない。シラノが両親のように天の国に旅立ってしまったら、今度こそマリオンはひとりぼっちになってしまう。ぞっとするしかない想像が脳裏に浮かび、銀灰色の双眸《そうぼう》にじわりと透明な膜が張る。

だが、そのしずくがマリオンの頬を濡らすことはなかった。

「っ!?」

身をかがめたリヒトが、ぺろりとマリオンの右のまなじりに舌を這《は》わせたからだ。ぴゃっと身体を跳ねさせるマリオンに構わず、リヒトは続けて左目のまなじりにも同様のことをする。あたたかく濡れた感触に、音を立てて涙が引っ込んだ。唖然《あぜん》と固まるマリオンの前で、リヒトは赤い舌先で今度は自らの唇をちろりと舐《な》める。まるでマリオンの涙をあじわうかのような仕草に、ボンッとマリオンの顔が真っ赤に染まった。

「リ、リヒト!?」

「心配はご無用かと思いますよ」

「え、え？」

　マリオンのまなじりに舌を伸ばした距離、すなわちとんでもない至近距離のまま、リヒトは口を開いた。その表情はなんとも不満そうなもので、そういえば最近こういう表情ばかりを見せられていることを場違いにも思い出した。

「あの虎が《暴食》であることは、まあまず間違いないでしょう。あの瞳を忘れられるほどもうろくしたつもりもないので」

「だ、だったらやっぱりっ」

　シラノがなんと言おうとも引き離すべきではないか、と勇むマリオンの唇に、ふに、とリヒトが人差し指を押し付けてくる。まるで口付けでもしてくるかのような優しい感触だ。けれど同時に反論は許さないという圧力もはらんだ感触でもあって、マリオンは口をつぐむ。

　それを確認してから手を下ろしたリヒトは、「ですが」と淡々と続ける。

「完全に封印が解けた僕を除いた《罪源》達は、現在、六聖爵家の断絶によって、半分は封印が解けているはずです。ご存じの通り、中には半人半獣の姿となった奴や、ある程度の魔力を取り戻している奴もいます。けれどあの虎は完全に獣だ。しかも幼体です。相当弱っている証拠でしょう。一体何をやらかしたんですかね」

「え、ええと、つまり？」

「つまり、子虎にできること以上の真似は、あの虎――《暴食》のベルゼブブにはできないというわけです」

その言葉に今度こそ大きく目を瞠《みは》り、マリオンはぽかんと口を開ける羽目になった。その反応に気を良くしたらしく笑みを深めたリヒトは、とっておきの睦言《むつごと》でもささやくかのように、マリオンの耳元に唇を寄せる。

「ベルゼブブの性格上、旦那様が食事を提供し続ける限りは、旦那様を傷つけることはないでしょう。僕らの中では比較的まっとうな……いえ、ある意味では最も厄介な奴ではありますが」

「や、厄介って」

「あの女は頭ではなく腹で考えるタイプです」

「それ、大丈夫なの？」

「……たぶん？」

「ちょっと！」

『たぶん』、なんてそんな、まったく信用できないではないか。

ウカごとほとんど抱き締められるような形になりながらも肩を怒らせるマリオンのことを、リヒトは涼しい顔で見下ろしてくる。黄金と蜂蜜を混ぜ合わせたかのような濃金色の瞳は、マリオンの抗議なんて意にも介していないらしい。その輝きはぞくりとするほど美しく、一切の翳《かげ》りもない。そうしてマリオンはようやく気が付いた。彼が、なんだかよく解らないが、とっても怒っているらしいということに。

「リ、リヒト？　どうしたの？」

「俺が」

「え」

「……僕が、いるでしょう」

「え？」

マリオンに言い聞かせるように、自分で噛《か》み締めるように、リヒトはそう言った。思ってもみなかったそのセリフに瞳を瞬かせると、ぎろりと睨《にら》み付けられる。けれどその強く鋭い視線に恐怖を感じることはない。むしろただただ驚かされるばかりである。だって間近にある彼の白いかんばせが、美しい薔薇色《ばらいろ》に彩られていたからだ。

「リヒト、あの」

「で、す、か、ら。旦那様に何があろうとも、あなたは一人になどなりません。僕がいます。あなたが望むのならば僕が旦那様のことも守ってごらんにいれましょう。どうです、これ以上ない保証でしょう？」

「……！」

力強く言い放たれたセリフに目を瞠るマリオンを、じれったそうにリヒトは見つめてくる。なぜ解らないのかと言いたげに責めてくる濃金色の瞳から目が離せない。そっと身体を離されたかと思うと、彼の手は、驚くほど丁寧に、マリオンの頬に触れてきた。すぅっとその指先が頬のラインをなぞっていく。

「今更、『独り』になんてなれると思わないでくださいね。頼まれたってすがられたって、絶対に独りになんかさせてやりません。冗談でもごめんだ」

そうして完全に動けなくなったマリオンの額《ひたい》に押し当てられた彼の唇は、驚くほど熱かった。

「あなたには僕がいる。僕がいればそれでいい、と思ってくだされば非常に嬉しいのですが……まあそれはぜいたくなんでしょうね」

どこか自嘲をはらんで呟かれたそのセリフの意味を深く考えるよりも先に、リヒトはマリオンの手を持ち上げて、ぎゅうと握り込んだ。指の一本一本を数えるかのように、丁寧に触れてくるすべらかな手のぬくもりが、マリオンから言葉を奪っていく。

「おひぃさま。あなたはもっとあなたの〝王子様《僕》〟を必要とすべきです」

お解りいただけますか、と、念を押すように、どこか切実な響きを宿して告げられたその言葉に、マリオンは再び顔を一気に赤らめた。彼の所作の一つ一つよりも、ただその一言に込められた響きの方がよっぽど恥ずかしい。けれど恥ずかしいばかりではなく、いいや、恥ずかしさよりももっとずっととっても嬉しいことを、他の誰でもなくマリオンの〝金色の王子様〟は言ってくれているのだ。

「そう、ね。そうだったわ。ありがとう、リヒト。あなたがいてくれて、本当によかった」

「…………お解りいただけたならば、何よりですよ」

ふん、とリヒトは鼻を鳴らして顔を背けた。いつも優美で完璧な使用人を演じる彼らしからぬ態度だけれど、それが照れ隠しであることが見抜けないほど、マリオンは鈍《にぶ》くはない。

そんなマリオンの腕の中で、きゅん！　とウカが元気よく鳴く。「ぼくも！」ということらしい。忘れないで、とでも言いたげにきゅうきゅうと続ける愛らしいストレリチアス家長男坊に、マリオンは声を上げて笑った。

「そうね、ウカ。あなたもいてくれたわね」

そうだよ！　とまたウカが声を上げ、前足をマリオンの胸にかけて背伸びをし、自身の鼻先をマリオンの鼻先に押し付ける。あら、と瞳を瞬かせると、むっと整った眉をひそめたリヒトが、上書きするようにちゅっと自らの唇をマリオンの鼻先に寄せてきた。ぴゃっと肩を跳ねさせたマリオンは、赤らんだ顔でリヒトを睨み上げる。

「もう！　リヒトったら」

「おひぃさま、これればかりは譲れません」

涼しい顔でそう言い放ってくれるリヒトに、なんだか不安がっていた自分が馬鹿みたいに思えてくる。ウカを片腕に抱き直し、空いた片手で自身の鼻先に触れる。リヒトの唇の、そのやわらかで優しい感触が残っている気がして、その感触に、背中を押された気がした。彼がいてくれるのならば叔父様のことを守るわよ、リヒト、ウカ！」


「よし！　叔父様のことを守るわよ、リヒト、ウカ！」

ぐっと拳を握り締めて決意する。今更《暴食》一人相手に負ける気はない。だってマリオンは、独りではないのだから。

＊＊＊

かくして、ストレリチアス家に新たなる住人が一匹……いや『一人』、増えることと相成ったのである。自ら迎え入れた子虎に、シラノは〝ベル〟と名前を付けた。

——古い言葉で、〝美しいひと〟という意味だ。ぴったりだろう？

大きな『猫』に膝《ひざ》を完全に占領され、その見事な縞《しま》模様の毛並みを優しく指で梳《す》いてやりながら、誇らしげにシラノは笑った。対するマリオンは文字通り凍り付いたし、シラノに対してはマリオン以上に礼を尽くすリヒトですら顔を引きつらせた。

——〝ベル〟って、〝ベルゼブブ〟の、ベルじゃない？

——もしや旦那様、解っていてなさっているのではありませんか？

マリオンとリヒトがそんな会話を交わしたのはつい先日の話である。ここに来ていきなり『ストレリチアス家当主はすべて理解している上でやらかしている』説が浮上したが、そのシラノと来たら相変わらず、甲高い悲鳴を上げながらも負けじとまとわりついてくる花嫁候補達への対応に奔走するばかりだ。いつにない屋敷の雰囲気に疲弊しきりの様子で、かろうじて得られる休憩時間に子虎、もといベルを愛でるのが精一杯のようなのである。

ただ日々の癒しとして彼女のことを愛でるだけのシラノは、おそらくは本当に何も解っていないのだろう。だからこそ余計に恐ろしいものがあるのだが、それはまた別の話になる。

そうして、《暴食》の魔法使いという不安材料を取り入れてもなお、ストレリチアス邸では、予想外にも平和な日々が続いている。マリオンに蝶《ちょう》よ花よと世話されながら、花嫁候補達は積極的にシラノに秋波を送り、あの手この手で彼の気を引こうと尽力してくれていたので、ある、が。


「このお話、辞退させていただきます！」

「お許しください、シラノ様！　私、私、もう耐えられません……！」

「あたくしだって……！　もう、もう限界でしてよ！　実家に帰らせていただきます！」

「王家からの保障なんて、命あっての物種だわ！」

本日の脱落者は四名。マリオンは遠い目で、逃げるようにストレリチアス邸から遠ざかっていく、脱落者四名を乗せた馬車を見送った。

「まあ彼女達もよく頑張った方でしょう」

「そうだねぇ。ありがたいことだ」

うんうんと頷き合うリヒトとシラノに、そんなのんきなことを言っている場合かしらという疑問がマリオンの中に降って湧《わ》いたが、それを口に出すだけの元気はもう残されていなかった。

気遣わしげにウカが「これ食べる?」と、どこからか拾ってきたらしい青い梅の実をくわえてきて、マリオンの足元にぽとりと落とす。それをありがたく拾い上げ、いつだってレディへの優しさを忘れない小さな騎士の頭を丁寧に撫でてから、改めて溜息を吐く。

「リヒト、残っていらっしゃるご婦人は何名だい?」

「五名ですね」

「なるほど。ようやく……と言うべきかな。なかなか頑張るね。そう思わないかい、ベル」

腕に抱いた子虎を撫でながらのんびりとシラノが呟くと、子虎は同意するでも反論するでもなく、ただ興味などないと言いたげに大きなあくびをした。

その口から覗く鋭い牙は、やはりどう見ても猫のそれではない。だが、未《いま》だに彼女のことを猫だと信じてやまないシラノは、「今日も君は魅力的だ」と嬉しそうに頷いている。彼がその笑顔や睦言を、花嫁候補の女性達に向けていたならば、こんなことにはなっていなかったのではないか。マリオンはそう思わずにはいられない。

王都から花嫁候補の女性達が押しかけてきて、一週間が経過する。そのたった七日間で、花嫁候補達の多くが王都へ逃げ帰ってしまうだなんて、マリオンは思いもしなかった。

この一週間、ストレリチアス邸は悲鳴が絶えない本物の幽霊屋敷のような屋敷となった。

シラノが抱いている子虎に悲鳴が上がり、マリオンに甘えて自らついてまわるせいで隠そうにも隠し切れない子狐にこれまた悲鳴が上がる。そればかりではなく、多くの令嬢達が、シラノ、そしてマリオン——つまりはストレリチアス家に生まれた二人につきまとう不運と災難を目《ま》の当たりにし、中には巻き込まれてしまい、屋敷のあちこちで悲鳴を上げることとなった。

たまたま屋敷に入り込んだ虫に飛びつかれた令嬢が、悲鳴を上げて泣き喚《わめ》き、マリオンがその虫を追っ払うことになった——なんてことは序の口だ。風呂のシャワーが水に変わるなどいつものことなのでマリオンもシラノも気に留めていなかったが、気の弱い令嬢はそれだけで音《ね》を上げた。それが一度や二度ですまないことを知った他の勘のいい令嬢達は、早くもこの辺りで「なんだかこれはおかしいのでは？」と思い始めたようだったが、なんとかマリオンは「現在修理工に依頼中でして」とごまかそうとした。

だがしかし、シラノと連れ立って歩くたびに彼が一日に平均二回から三回は床板を踏み抜き、その穴に一緒になって落ちることとなった令嬢はその疑問を「絶対におかしい」という断定に変えた。

また、彼が腰を下ろす場所が毎回局地的な雨漏《あまも》りの場所となり、これまた一緒になって濡れることになった令嬢達もまた同様であった。

シラノが使うティーカップの持ち手に毎回ヒビが入り、熱い紅茶を膝にぶちまけては「あー……」と、悲鳴を上げもせずに慣れた手つきでてきぱきと片付ける彼の行動に、令嬢の方が悲鳴を上げたのもまた一度や二度ではない。

そしてさらに、子虎は燃費が悪いらしく、事あるごとにシラノにおやつをせがむのだが、そのおやつを調達しようとするたびにシラノを襲う不運と災難。おやつの干しあんずが乗ったかごの底が抜け、それを受け止めようとしたシラノが階段を踏み抜き、そのまま転げ落ちた彼がなんとか着地を決めたところを見てしまった令嬢は多くがその場にへたり込み、中には卒倒する令嬢もいた。さすがにマリオンもフォローできなかった。

日々を経《へ》るごとにまた悲鳴が悲鳴を呼びその悲鳴がまたさらなる悲鳴を呼ぶという阿鼻叫喚《あびきょうかん》ぶり。シラノにつきまとっていた彼女達が、最終的にどんな判断を下すかなど言うまでもない。多くが自ら〝シラノ・ストレリチアスの花嫁候補〟という看板を下ろして、マリオンに「王都への馬車の手配をお願いいたします……！」と泣きついてきたのである。

ちなみに、ストレリチアス邸のボロさや提供される食事の貧相さに、「王家からの援助があってこれなんですの？」と呆《あき》れ返り、これでは婚姻に至る利はないと判断して早々に帰還を決めた令嬢達もいたのだが、もしかしたら彼女達は賢明な判断を下したと言うべきなのかもしれない。リヒトとの賭けを抱えさせられているマリオンとしては決して認めたくはないが。

とはいえ王都に帰還を決めた令嬢達をそれ以上引き留めるすべもなく、マリオンは泣く泣く何度も馬車の手配をした。その馬車がストレリチアス邸に到着するたびに、車輪が外れたり、馬が暴れたり、御者が腹を下したりと、ますます令嬢達を怯《おび》えさせることとなった。

それでもなおシラノと、ひいてはストレリチアス家と縁故を結ぼうと望んでくれる令嬢もいたが、シラノに近付けば近付くほど、彼につきまとう不運や災難を目の当たりにし、自身も巻き込まれることとなり、「ここまで《罪源》の呪いがすさまじいものだったなんて……！」と恐れおののいて脱落した。

この面子《メンツ》が、先ほどストレリチアス邸を後にした四人である。今回のために新調したのだという鞄《かばん》の持ち手が、四人とも揃いも揃ってぶちりとちぎれたのを最後に、彼女達はその鞄を抱えてストレリチアス邸を後にしたというわけだ。

そして現在残っているのは、たったの五人。

「お、叔父様……その、大丈夫ですか？」

「大丈夫も何も、こうなるだろうとは解っていたことだよ。だからこそこれまで持ち込まれた書状での縁談も断り続けていたんだが……難しいね。私が次世代を残すことは義務であるとはいえ、うーん、どうしたものかな」

「え……？」

叔父の口から出た、普段ほとんど意識しないその言葉に、思わず目を瞬かせる。『義務』と確かにシラノは言った。さらりと口にされた言葉が、なんだか妙に引っかかる。

「あの、叔父様」

それはどういう意味ですか。そう問いかけるために改めてシラノに呼びかけるが、そのマリオンの声は、邸内から聞こえてきた「シラノさまぁ」という、未だにストレリチアス家に残ってくれている『頑張る』女性の声にかき消された。

頭上を見上げれば、屋敷の窓から顔を出した二人の女性が、お話をしましょう、そうしましょう、と、シラノのことを手招いている。無視するわけにもいかず、シラノは穏やかな笑みを苦笑へと変えて、「じゃあ行ってくるよ」と邸内へと戻っていった。

玄関先に残されたのはマリオンと、その足元のウカ、そしてリヒトである。

「義務って、どういうことかしら」

あなたは解る？ と隣をうかがう。気付けばこちらをじぃと見下ろしていた濃金色の瞳とばちりと視線が噛み合って、その予想外の衝撃にぱちりと瞳を瞬かせる。

「リヒト？ どうかして？」

「……いいえ、別に。それより」

「何かしら」

「賭けは僕の勝ちになりそうですね」

「！」

にこりと笑って耳打ちされたそのセリフに、カッと顔が赤くなる。反射的に「まだ解らないわ！」と叫ぶと、リヒトは「いつまでそう言っていられるか、見ものですね」なんて実に意地の悪い笑みを浮かべてくれた。小憎たらしい笑顔に、つい手を伸ばして鼻をつまんであげようとしたのだが、その手はあっさりと彼の手に取られて、ちゅ、と指先に口付けられてしまう。

「!!」

「やはりおひぃさまは大層『甘く』いらっしゃる」

その『甘い』は、一体どういう意味なのだろう。悔しいやら恥ずかしいやらで思わず唸《うな》る。

そんなマリオンの頭をぽんぽんと軽く叩《たた》いたリヒトは、その唇に綺麗な弧を描いたまま、シラノに続いて屋敷の中へと消えていく。

ゆらりとしっぽのように揺れる長い濃金色の髪が美しい残像を描き、そのきらめきを視線で追いかけるのについ夢中になってしまったマリオンは、一人その場に残されてしまったこと、そしてシラノもリヒトも、結局マリオンの疑問に対する答えをくれなかったことに遅れて気が付いた。

――次世代を残す義務ってつまり、子供をもうけるってこと？

子供は授かりものであると思っている。それを義務だと言い切るだなんて、いつものシラノらしくない。どうしてなのかしら、ともう一度内心で呟いても答えをくれる者はいなくて、結局マリオンはその疑問をいったん胸にしまうことにした。

「賭けの勝敗をさておいても、叔父様にとっては悪い機会ではないと思うのよね」

――叔父様、マリオンは叔父様のために小姑《こじゅうとめ》にだってなってみせますわ！

ウカを片腕に抱き、もう一方の手で固く拳を握り、マリオンは天に誓った。その二日後。

「それでは皆様、ごきげんよう！」

「楽しい時間をすごさせていただきましたわ！」

二人の令嬢が馬車に乗って軽やかに去っていった。どちらもとてもすがすがしい笑顔だった。

呆然《ぼうぜん》と遠ざかる馬車を見送るマリオンの隣で、「どうやらあの二人、ようやく昨夜、ご実家から帰還の許しが得られたようですね」と、王都からの速達を昨夜受け取ったリヒトがわざわざ説明してくれる。

そして彼は、去っていった令嬢達以上に輝く笑顔で、マリオンの肩をぽんと叩いた。

「残り三名。覚悟を決めておいてくださいね」

「〜〜〜〜〜〜〜〜〜〜っ！」

頭を掻《か》きむしりたくなる衝動をなんとか耐えた。ぐぬぬぬと若干《じゃっかん》涙目になってリヒトのことを睨み上げても、彼はどこ吹く風、なんならとても嬉しそうである。彼の頭の中では既に、金貨十枚分のマリオンが楽しくワルツを踊っているのだろう。

「ち、なみに」

「はい？」

「金貨十枚の私って、なに？」

今日まで聞きたくても怖くて聞けなかった質問を、とうとうマリオンは口にした。ぱちり、と、リヒトの濃金の瞳が一つ大きく瞬いた。「今更ですか？」と声なく問い返してくるその瞳を、最後の意地を振り絞ってきっと睨み付ける。リヒトは、ふむ、と何やら考え込むようにその手を口元へと寄せて、そうしてにっこりと笑い返してきた。

「では逆にお聞きしますが、おひぃさまは、どれほどのご自分が、金貨十枚であるとお考えで？」

「え」

今度はマリオンの方が瞳を瞬かせる番だった。金貨十枚もあれば、この広大な屋敷の修繕だって十分叶《かな》い、当分食費に困らないでいられるし、シラノに礼服の一着だって仕立ててあげられるだろう。それだけの価値の、自分。じぃとこちらを見つめてくる濃金の瞳に、ぶわっと顔が赤くなるのを感じた。

「え、ええと、その」

マリオンだって子供ではない。もう十八歳の立派なレディだ。そんな自分に、〝恋人〟であるリヒトが求めるものなんて、そんなの、と、そこまで考えて、ぼふっと顔から湯気を出さんばかりの勢いでさらに顔を茹《ゆ》で上げさせると、リヒトはにんまりと笑った。

「ちなみに、今ご想像のおひぃさまだけではまったく足りないとお考えくださいね」

「うそ⁉」

それはちょっとマリオンのことを安く見積もりすぎなのではないだろうか。ひどいわ、と顔を赤らめたまま唇を尖《とが》らせると、その唇にふにっと指先を押し付けてきたリヒトは、くつくつと喉を鳴らして「なにぶん《強欲》なものでして」なんてうそぶいてくれた。

どう考えてもからかわれている。悔しさと恥ずかしさに涙をにじませて、マリオンはリヒトの手を振り払い、「あの、あのねぇ、リヒト！」と声を上げる。

だが、その続きを口にすることは叶わなかった。

「リヒトさん！」

「きゃっ!?」

まだ賭けの行方《ゆくえ》は解らないんだから！　と叫ぼうとしたのだが、横からドーン！　と強く突き飛ばされた。持ち前の運動神経により無様に地面に転がるなんてことはなかったが、それでも三歩、四歩と大きくたたらを踏んでしまう。

マリオンがいた場所に立っていたのは、惜しげもなくたっぷりとリボンやフリルがあしらわれ、繊細なレースで飾り立てられた、このド田舎《いなか》と名高いストレリチアス領にはてんで不釣り合いな豪奢《ごうしゃ》なドレスに身を包んだ少女だった。

艶《つや》やかな飴色《あめいろ》の長い髪はきつく縦に巻かれ、彼女の華やかな容貌をより一層強く演出し、ぱっちりと跳ね上がる睫毛《まつげ》に縁どられた瞳は鮮やかな瑠璃色《るりいろ》。見る者にどこもかしこも派手な印象を抱《いだ》かせる、ツンと気取ったかわいらしさのある少女である。

「ロクサーヌ様、どうなさいましたか？」

「あん、もう、つれないんだから。ロキシーと呼んでと言っているじゃない」

「失礼いたしました、ロクサーヌ様」

「意地悪ね！」

でもそんなところも魅力的よ、と、ロクサーヌと呼ばれた少女はくすくすと笑う。ロクサーヌ・ダチュラス。男爵家の生まれである彼女は、マリオンより一つ年上の十九歳。年若いが、れっきとしたシラノの花嫁候補の一人である。

「旦那様なら執務室にて政務をなさっておいでですが……」

「やぁだ、私が用があるのはあなたよ。ね、私とお茶でもいかが？　とっておきの茶葉があるの。マリオン様に淹《い》れてもらいましょうよ。ねえマリオン様、構わないわよね？」

リヒトの腕にしどけなく自らの腕を絡《から》ませて、にっこりとロクサーヌは、それまですっかり無視していたマリオンに笑いかけてくる。断られるなんてまったく思っていないらしい。「はい、お願いね」と投げるようにして寄こされた茶缶をマリオンが反射的に宙で受け止めると、それをマリオンの肯定と受け取ったらしいロクサーヌは、「中庭がいいわ！」とリヒトの腕を引っ張っていってしまう。

あっという間の出来事だった。呆然とその姿を見送って、マリオンは小さく呟く。

「……相変わらずロクサーヌ様は、リヒトにご執心ね……」

ロクサーヌのびらびらとひるがえる大きなリボンに全身の毛を逆立てていたウカの隣にしゃがみ込み、茶缶を片手に、その背をマリオンは撫でつけてやった。

ロクサーヌは、ストレリチアス邸にやってきたばかりのころから、シラノではなくリヒトにべったりだ。どうやらリヒトの見目と外面の良さを大層お気に召したらしく、シラノではなくリヒトと縁故を結ぶことで、ストレリチアス家に取り入ろうとしているらしい。リヒトが《強欲》の魔法使いであると知らないとはいえ、それにしてもなぜ使用人という立場でしかない彼に？　と疑問に思ったものだが、「最初に私が、リヒトのことも大切な家族だと紹介したからかな……。すまないね、マリオン」とシラノに心底申し訳なさそうに頭を下げられてしまい、なるほどそういうことかとようやくマリオンは納得した。

ロクサーヌがシラノではなくリヒトを選んだのは、浅慮ではあるだろうが、納得できない選択ではない。リヒトはあの通りとんでもなく美しいし、頭だってピカ一だ。加えて彼が魔法使いであると知られれば、その価値はさらに跳ね上がる。リヒトと婚姻を結ぶのならば、ストレリチアス家に約束された災厄からも逃れられる。それらを踏まえれば、なるほどごもっともな選択であると言うべきなのかもしれない。

とりあえず彼女については、シラノのお相手として期待するのはむなしいばかりであることだけが確かだ。あとはリヒトの〝恋人〟であるマリオンが、ロクサーヌのことを拒絶しない彼に、ちょっぴり複雑になるだけ。

リヒトのことを信じているし、彼がロクサーヌに好きにさせているのは、マリオンとの賭けがあるからなのだろうとは解っている。それでもやはり、ちょっぴり……どころではなく面白くないし、不安だって感じるのだ。溜息の一つや二つ吐き出したって罰は当たらないだろう。

一人その場に残されてしまったマリオンが、そうして溜息を吐くと、「あら」と背後から声がかけられた。

「マリオン様、お一人？　……違うわね、その狐もか」

「……アガタ様」

「何度でも言うけれど、様なんていらないわよ、マリオン様。あなたは聖爵家令嬢で、あたしはただの平民なんだから」

背後からかけられた声に立ち上がって振り返ると、いたずらっ子のようにきらめくぱっちりとした黒鳶色《くろとびいろ》の瞳と視線が絡まった。細かく波打つ紅樺色《べにかばいろ》の髪をアップスタイルでまとめた女性だ。上半身はシンプルに身体のラインに沿い、逆にスカート部分は大きく後方に膨らんだ、その洗練されたデザインのドレスは、王都の最新の流行であるのだとか。ともすれば奇抜にも見えるドレスを難なく見事に着こなす彼女の名は、アガタ・シャロン。

今年二十六歳になるのだという本人の言う通り、彼女は貴族ではない。しかしその辺の下級貴族より……もしかしたらこのド田舎で日々をすごすストレリチアス家よりもよっぽど社会に対して発言力がある豪商、シャロン家の令嬢である。

「アガタ様は大切なお客様ですもの。何かお困りごとでもございまして？」

どんな立場であろうとも、彼女もまたシラノの花嫁候補である。シラノの姪として礼を尽くすのは当然のことだと振る舞うマリオンに対し、アガタはからからと笑ってポンポンと自らの平たい腹を叩いてみせた。

「ちょっと小腹が空《す》いちゃって。何かない？　……って、その茶缶」

アガタの黒鳶色の瞳がきらりと光る。王室御用達《ごようたし》の、とその鮮やかな紅で彩られた唇が動くのを見て、マリオンは頷きを返した。

「ロクサーヌ様が、これでリヒトとともにお茶を、と」

「ふぅん。あの女も使用人相手によくやるわねぇ。確かにリヒトさんは魅力的だけど、シラノ様を射止めなきゃ何の意味もないのに」

「…………」

どう返していいものか解らず苦笑いを浮かべるマリオンに、アガタは「それ」とマリオンの手の茶缶を指さした。

「あたし達もいただいちゃいましょ。せっかくだもの」

「え、でも」

「バレやしないわよ。あのダチュラス家のお嬢サマは、茶葉の量なんて測り方すら知らないでしょうし。それに」

「……それに？」

「その茶葉の輸入元、あたしの実家だもの」

文句なんて言わせないわよ、と、ぱちんとアガタはウインクをした。茶目っ気たっぷりの表情に、つられてマリオンもぷっと吹き出す。

そういうことなら、ロクサーヌには悪いが、アガタの提案を採用させていただこう。ちょうど今朝、本当に久々にまともな焼き菓子、もといローズマリーを利かせたクッキーを焼いたから、それをお茶請けとして出すことをアガタに告げると、彼女は「楽しみにしてる。部屋まで持ってきてちょうだい」と笑って去っていった。

マリオンのことを聖爵家令嬢であると認めつつも、しっかりちゃっかり、料理人兼給仕としても扱う。けれど彼女のあっけらかんとした態度のおかげか、不思議と悪い気はしなくて、マリオンは一つ気合を入れて厨房へと向かった。

手早く湯を沸かし、その間にローズマリークッキーを小皿に取り分ける。ウカにもローズマリーを入れなかった分を三枚ほど小皿に分けてやった。嬉しそうにさっそくクッキーにかぶりつくウカを微笑ましい気持ちで見つめていたマリオンだったが、ふいに視線を感じた。顔を上げてそちらを見遣《みや》れば、大粒の葡萄《ぶどう》の実のような瞳がこちらをおずおずと見つめていた。

「あの、マリオン様」

「まあ、レミエル様！」

やわらかく流れる白菫色《しろすみれいろ》の髪を緩くふんわりとサイドシニヨンにまとめた、たおやかな容貌の女性が、厨房の出入り口にたたずんでいる。ドレープが美しいマーメイドラインのドレスが、彼女の楚々《そそ》とした美貌によく似合う。

マリオンがその名前を呼ぶと、葡萄色の瞳をそっと伏せて一礼してみせた彼女は、ふとそのまなざしをマリオンの背後へと向けた。

「あら、いけません。《火に宿りたる紅玉蜥蜴《こうぎょくとかげ》、その尾をぷつんと切り落とせ》」

歌うように紡がれた詩的な言葉にマリオンが瞳を瞬かせると、ボッ！　と大きく背後で炎が爆《は》ぜた。火にかけていた水が沸騰して、やかんからあふれかけていたことに遅れて気付く。爆ぜた炎は、その湯を沸かしていた火だ。それは何事もなかったかのように消え失《う》せて、焦《こ》げ跡すらも残っていない。沸騰した湯は吹きこぼれることなくやかんに収まった。

「余計な真似でしたかしら？」

「い、いいえ！　ありがとうございます、レミエル様。さすが第七魔法学府のご出身でいらっしゃいますね」

「大した魔法ではございませんわ。専攻した魔法でなくてもこの程度の魔法が使えなくては学府出身とは申し上げられません。でも、お褒めのお言葉、光栄にございます」

ふふ、とレミエル――いいや、オフェリヤは微笑む。

オフェリヤ＝レミエル＝ウィステリアータ。今年二十一歳を迎えるウィステリアータ侯爵家令嬢たる彼女は、ロクサーヌやアガタ同様にシラノの花嫁候補であり、同時にその名が示す通り、第七魔法学府出身の魔法使いである。

かつての《七人の罪源》が犯した罪を教訓にして、レジナ・チェリ国において魔法の才がある者は、基本的に誰もが王宮に召し上げられ、第七魔法学府と呼ばれる王家直轄機関に組み込まれる。オフェリヤもそんな魔法使いの一人であり、だからこそマリオンは第七魔法学府の教えに従って、〝オフェリヤ〟ではなく、〝レミエル〟と呼ぶように彼女に最初に頼まれている。

「厨房にまでいらっしゃって、どうなさいまして？」

オフェリヤもまた、アガタと同様に腹を空かせているのだろうか。やかんからティーポットに湯を注ぎつつ問いかけると、オフェリヤの葡萄色の瞳が、こちらの手元へと向けられた。首を傾《かし》げて促《うなが》してみると、彼女はやはりおずおずと、その薄く紅の刷《は》かれた唇を開いた。

「その、ご領主様に、ご休憩をおすすめしたくて。ついでに、お茶をご一緒できたらと」

「まあ！　でしたらちょうどいいですわ。お茶の準備をしていたところですから、クッキーと一緒に叔父様の元に持っていっていただけますか？」

「まあ、嬉しい。お任せくださいまし」

はかなげに白い頬を薄紅に染めて、いそいそとオフェリヤはマリオンの元まで近付いてくる。その所作の一つ一つが洗練されて美しい。

理由は解らないが、オフェリヤはシラノのことを憎からず思っているらしい。こんな美女に慕われるなんて、シラノもなかなか隅に置けない。姪としては鼻高々である。

「では、レミエル様。こちら、お願いできますか？」

「はい。ああ、ご領主様、喜んでくださるかしら？」

「ええ、もちろん。さ、早く行ってさしあげてくださいな」

マリオンに背を押され、オフェリヤは嬉しそうにティーセットが乗ったトレイを持って去っていった。あの様子を見ていると、現在ストレリチアス家に残っている三人の花嫁候補達の中でも特に、オフェリヤのことを応援したくなってしまう。

「でも、贔屓《ひいき》はよくないわよね」

相変わらず『猫』のことを構ってばかりの叔父の分まで、しっかり自分が見極めなくては。そんな使命感に燃えながら、マリオンは残ったティーセットを、それぞれの元にウカをともなって届けてから、厨房に戻り、ティーポットに残った紅茶をこっそり楽しむことにした。

鼻孔をくすぐる芳香は、ロクサーヌと一緒にいたリヒトの姿に対して浮かんだ不安を、綺麗にかき消してくれる。厨房の調理台のそばに脚立を引き寄せ、それを椅子代わりにして、マリオンはまずはローズマリークッキーに手を伸ばす。そのときだった。

「ふぅん、いいもの食べてるじゃない」

「紅茶も上物ですわね。気が利いていらっしゃること」

愛らしい魅力に満ちた瑞々《みずみず》しい声音と、艶《あで》やかな色気を感じさせる蠱惑《こわく》的な声音。この一か月ですっかり耳に馴染《なじ》んだそれらの声に、バッと顔を上げてそちらを見る。

調理台に飛び乗ったウカが、仁王立ちになってフシャー！ と唸った。マリオンとウカの視線が向かう厨房の出入り口にたたずむのは、花嫁候補達の襲来以来、すっかりストレリチアス邸からその姿を消していた、一か月前の王都における事件をきっかけにしてストレリチアス領預かりとなった〝タダ飯食らい〟の二人。

片や、鮮やかな緑が瑞々しい瞳をきらめかせ、左右二つに結い上げた同色の髪をくるくるといじっている、華やかな印象の、十代半ばと思われる小柄な美少女。少女らしいいとけない愛らしさと、女として熟れた色香を併せ持つ、なんとも魅惑的な、まとう緑の華やかなドレスがこの上なくよく似合う美少女である。

そしてもう一方は、緩く波打つ髪を上品に長く背に流した、二十代半ばと思われる蠱惑的な美女だ。とびきり上等なワインの甘い芳香のような雰囲気をまとう彼女は、その爪よりももっと神秘的な光を宿した紫の瞳を眇《すが》めて微笑んでいた。三日月を描く唇が、ぞっとするような色気を演出している。

緑の美少女は、《嫉妬》たるカプリツィア＝レヴィアタン＝キクラメンス。紫の美女は、《色欲》たるアーリエ＝アスモデウス＝ジャスミニウス。どちらも一か月前の王都における事件にて、マリオンによって不完全ながらもその身の魔力を封印された、《七人の罪源》の一角だ。

現在の二人は、それぞれが封印によって堕とされた姿、すなわち蛇と山羊の特徴を、その身に映してはいない。シラノの花嫁候補達の来訪を告げた王家からの書状において、彼女達のことは隠しておくようにと厳命されたのがきっかけだ。「勝手に送り込んできておいてよくもまぁ……」とその優美なかんばせに凶悪な表情を浮かべつつ、リヒトが変幻術の一種である魔法を行使し、期間限定ではあるが、彼女らに人間としての姿を取り戻させた。自身の力では人間の姿にはなれずにいた二人は、それを好機とばかりに、「ちょっぴり遊んでくるわ」「心配なさらずとも、大したことはしませんとも」と、意気揚々と屋敷を飛び出していったはずだった。

「おかえりなさい、二人とも。一緒にいかが？」

「あら、悪くはないご提案ですこと。せっかくですもの。いただきましょう」

「あたしもぉ」

「ちょっ！　調理台に座らないでちょうだい！」

ひょいひょいとマリオンを両側から挟むような形で、アーリエとカプリツィアは遠慮なく調理台に腰を下ろした。

アーリエは勝手に空のティーカップに紅茶を注ぎ始め、カプリツィアはさっそくクッキーに手を伸ばす。美女が洗練された優雅な所作でティーカップを口に運び、美少女が小動物のような愛らしさでクッキーを咀嚼《そしゃく》する。そんな二人に挟まれたマリオンは、両手に花とでも呼ぶべき状況下にあるのだが、その花はどちらもとんでもない棘《とげ》と毒を隠さずひけらかしている。素直に二人に見惚《みと》れているわけにはいかないことは、この一か月でリヒトからそれこそ耳にたこができそうなくらいに幾度となく言い聞かされていた。

――おひぃさまは大層甘くできていらっしゃいますからね。

そう何度言われたことだろう。褒められていないことはさすがのマリオンも理解している。

「それで、どうしたの？　久々の外を楽しんでいたのではなくて？」

今回の花嫁候補騒ぎが収束するまでは、てっきりもう帰ってこないものだとばかり思っていたし、本人達もそう言っていた気がするのだけれど、一体どんな心境の変化だろう。

マリオンの率直な問いかけに、紫の美女と緑の美少女は、にっこりと笑った。どちらもとても意地悪げなものだった。

「花嫁候補、もう三人になったのですってね」

「馬車五台分の女を逃げ帰らせるなんて、あのオジサン、本当に結婚できるのぉ？」

「待って、どうしてもうそこまで知っているの!?」

今朝まで、花嫁候補は五人だった。この短時間でどうして三人になってしまったことを二人は知っているのだろうか。

思わず待ったをかけると、アーリエとカプリツィアは顔を見合わせて、それからもう一度マリオンへと視線を向けた。

「もう領地中のうわさでしてよ」

「ガキンチョすら知ってたわよぉ。ご領主様は独身貴族のまんまなの？　ってね」

「あらあら、お上手ですこと」

「ぜんぜん上手じゃなくってよ……！」

ド田舎の伝達網の速さを甘く見ていたことを、マリオンは思い知らされた。独身貴族が悪いとはちっとも思わないが、馬車五台分の女性にことごとく振られたなどといううわさまで広まっていることについては、さすがにシラノにとって不名誉極まりない事態だろう。

なんとかフォローの言葉を探すマリオンの苦しむ顔を、至極楽しそうに見つめてくる二人は、「それから」とさらに追い打ちをかけてくる。

「よりにもよって虎まで飼い始めたんですってね」

「独身男がペットを飼い始めたらおしまいじゃない？」

「……ベルのことまで知っているのね……」

シラノが日々愛でる子虎についてまで、既に彼女達の耳に届いているらしい。ストレリチアス邸からシラノも子虎もほとんど出ていないというのに、つくづく田舎の伝達網とは恐ろしい。

自分にまつわるあれそれまで伝わっているのではないかと背筋を寒くするマリオンのことなどちっとも構わずに、アーリエがあらあらと肩を竦《すく》め、カプリツィアがつまらなそうに唇を尖らせる。

「〝ベル〟？　あの女によくもそんなかわいらしい名前を付けましたこと」

「もったいなぁい。よくやるわぁ」

「先ほど見てきましたけれど、あの女も随分情けない姿になっていましたわね」

「どぉせまたご飯の選《え》り好みしたんでしょ。あの調子じゃなんにもできないままでしょぉね」

「本人にその気もなさそうですし……せいぜいご当主のご機嫌取りでもしていればよくてよ」

「腹ペコ女、暴食なだけじゃなくて悪食《あくじき》なんじゃないの？」

「色気より食い気の女にも春が来るだなんて、ふふ、驚きましたわ」

さんざんな言いぶりである。この一連の会話から察するに、つまるところ二人の判断もまた、シラノが愛でる子虎が《暴食》の魔法使いであると認めるものであったわけなのだが、彼女らもリヒトと同様に、現在の《暴食》には下手な真似はできないし、するつもりはないだろうという見解であるらしい。

どうやら手を組んで悪事を働こうとする気持ちが彼女達になさそうなことを感じ取り、ほっと安堵するマリオンは、紫の美女と緑の美少女を改めて毅然《きぜん》と見つめた。

「と、とにかく！　叔父様はとっても魅力的な殿方だわ。ただ、ただちょっと要領が悪くて女性の扱いがお上手でないだけで……！」

「それ、殿方としてはわりと致命的な欠点でしてよ」

「加えて聖爵家の不運と災難がお約束なんて、どんな女でも願い下げだと思うわよぉ？」

「た、たとえ今回駄目《だめ》でも、それで叔父様がご結婚できないと決まったわけじゃないわ」

美女と美少女による情け容赦ない評価に、マリオンはそのままあえなく撃沈しそうになった。

それでもなんとか反論の言葉を探していると、二人は小馬鹿にするように見つめてくる。

そのまなざしの意図が掴《つか》めずきょとんと首を傾げてみせると、アーリエの神秘的な紫の瞳があわれむように眇められ、カプリツィアの瑞々しい緑の瞳の奥で、いかにも意地の悪い光が木《こ》漏《も》れ日《び》のようにきらりときらめく。

「そんなのんきなことを仰《おっしゃ》っている場合かしら？」

「おっどろいたぁ。まさかここまでなんにも解ってないなんてぇ」

どういう意味だろう。それらのセリフの意図が掴めず、紫の美女と、緑の美少女の顔をきょろきょろと見比べる。戸惑うこちらに対し、彼女達はにっこりと笑いかけてきた。同性の目から見ても大層魅力的な笑顔であるというのに、不思議と嫌な予感しかしなかった。

「まず、この家……あなたの生家たるストレリチアス家が、最後の聖爵家であるということは、さすがに理解していらっしゃって？」

「当たり前じゃない」

アーリエのどことなくどころではなくあざけりを多分に含んだ問いかけに、マリオンは頷いた。さすがにそこまで馬鹿にしないでほしかった。かつて《七人の罪源》を封印した侯爵家――現在においては聖爵の位を冠する七つの家は、《寛容》を冠するストレリチアス家を除いて、すべて断絶しているというのは誰もが知る事実である。

「それじゃあ、あんたが七つの聖爵家の血の集大成で……ああそうだ、あのオジサンが六つの聖爵家の血を受け継いでるってことは、自覚してるぅ？」

今度はカプリツィアが、まるで五つにも満たない幼子にでも言い聞かせるような口ぶりで問いかけてきた。馬鹿にされている感覚はあったが、とりあえずマリオンは再び頷く。

マリオンの亡き母は、聖爵家の中では非常に珍しくも聖爵家同士の婚姻をよしとしなかった《謙虚》の聖爵、ライラックス家の生まれだ。そのライラックス家における、おそらく唯一の例外がマリオンの母であり、彼女は《寛容》の聖爵たるストレリチアス家先代当主であるマリオンの父と婚姻を結び、結果としてマリオンが生まれた。よってシラノにはライラックス家の血は流れてはいないが、他の六家分の血はしっかり流れている。

それがどうかしたのかと首を傾げると、返ってきたのは深い溜息が二つ。アーリエが胸元に落ちてきた自らの髪をしどけなく払って肩を竦め、カプリツィアをちらりと見遣る。その視線を受けたカプリツィアは、さしたる興味など最初からないのか、それともただうんざりしているだけなのか、艶めく緑に彩られた爪の甘皮をいじりながら、「だからぁ」と口を開いた。

「聖爵家の血が絶えれば、その家に対応する《罪源》の封印が解けるってことよぉ」

「あ、ああ、それ。ちゃんと覚えているけれど、それがどうかして？」

だからこそ一か月前のあの王太子を中心とした事件において、その陰でアーリエとカプリツィアが、マリオンとシラノの命を狙ったのだ。あの騒動にて、かつて結ばれたマリオンと『元』王太子アレクセイ・ローゼスの婚約は破談となった。忘れようにも忘れられない事件である。

「……あなた、なんてお馬鹿なお嬢さんなのかと思っていたけれど、本当にお馬鹿さんでしたのね……」

「これはマモンが苦労するわけだわ。ざまあみろって感じだけど、でもさすがにねぇ……」

「な、なぁに？　言いたいことがあるならはっきり言ってちょうだい」

マリオンの返答に対し、紫の双眸と緑の双眸は、どちらも心底呆れ果てたまなざしを向けてきた。その居心地の悪さに思わず身じろぐ。二人は顔を見合わせて、示し合わせたかのように同時に深く頷き合った。なんとなく不穏な気配を察知してびくつくマリオンへと、アーリエのあざけりのにじむ笑みと、カプリツィアのいかにも意地悪げな笑みが、再び向けられる。

「察しが悪すぎるあなたにも、解りやすく教えてさしあげますわ。繰り返しますが、聖爵家の血が絶えれば、必然的に《罪源》《わたくし達》の封印は解放される。そう、あなたと、ストレリチアス家現当主が死ねば、ね」

「でもねぇ、別に、あたし達、ホントは急ぐ必要なんてないの」

紫の美女と緑の美少女の笑みが深まる。その笑みの意味が理解できずその美貌を見比べるばかりのマリオンに、察しが悪いお嬢さんだこと、とアーリエは喉を鳴らして笑う。カプリツィアがマリオンにしなだれかかり、だからぁ、と続けた。

「あんたとあのオジサンがこのまま子供を作らずにいてくれれば、その時点で最後の聖爵たる《寛容》のストレリチアス家も断絶。つまり、《罪源》《あたし達》の封印は、なんにもしなくたって必然的に解けるってことよぉ」

その言葉に、マリオンの銀灰色の瞳が、限界まで見開かれた。

自らが息を飲むその音が、やけに大きく耳朶《じだ》を震わせる。

「だ、から……だから、叔父様に、王家から縁談が持ち込まれているってこと……？」

カプリツィアの言葉の意味。そこから導き出される結論。それらが解らないほど、いくらマリオンでも鈍くはなかった。震える声で確認するように問いかけると、アーリエが華奢《きゃしゃ》な両手をぱちぱちと打ち鳴らし、カプリツィアがぱっちん！　と大きく片目を閉じてくる。その仕草の示すところはすなわち、「その通り」ということだ。

「現当主のあの方に立て続けに縁談が持ち込まれているのは、一か月前の件で封印の実情を知った、あのかわいくない第二王子の采配《さいはい》なのでしょうね。お嬢さん、あなたに今のところそのたぐいの話がないのは、さすがのローゼスも王太子……ああ、『元』でしたわね。あの第一王子との婚約破談を踏まえて、一応気を遣っているのではないかしら。とはいえ、このまま現当主の縁談がまとまらなければ、それも時間の問題でしょうけれど」

「あの第二王子のことだから、そんなに長い目では見てくれないでしょおねぇ。すぐにあんたのとこにも縁談が押し寄せてくるに決まってるわ」

お気の毒に、とアーリエがいかにも同情したように柳眉《りゅうび》を下げ、がんばってねぇ、とカプリツィアが愛らしい笑顔とともにぐっと両手を握る。どちらもそのセリフ通りの気持ちなんてかけらも持ち合わせていないことがうかがい知れる棒読みだった。

「わ、私には、リヒトがいるわ！」

けれどその発言に腹を立てるよりも先に、ガタンッとマリオンは腰かけていた脚立から立ち上がる。

わざわざ王家に縁談を持ち込まれる必要性などない。マリオンにはれっきとした〝恋人〟であるリヒトがいる。自分で言うのは未だに気恥ずかしいけれど、いずれ彼と婚姻を結び、そのはてに子供を得られたら、とすら思っている。かつて自身にまつわる災厄を次世代に残すことを厭《いと》い、結婚する気なんてさらさらなかったはずの自分が聞いたら「何があったの!?」と問い詰められそうな思いだけれど、それが偽りのない今のマリオンが望む未来予想図だった。

けれどその未来予想図を、アーリエとカプリツィアは、馬鹿にするのを通り越したあわれみをたっぷりと織り交ぜたまなざしで見下ろすのだ。

「『リヒトがいる』、なんて、あらまあ。夢見がちなお姫様らしい発言ですこと」

「あんた、あたし達が思っていた以上に現実が見えてないのね」

「なっ！」

そこまで言うことないじゃない、とマリオンが二人を立ったまま見比べると、「まあ座りなさいよぉ」とカプリツィアが脚立を叩き、アーリエがマリオンが使っていたティーカップに新たな紅茶を注ぎ足した。

なぜ自分の方がもてなされるかのような形になっているのだろうと半ば呆然としつつ、とりあえず促されるままに再び脚立に腰を下ろして、紅茶で唇を湿らせる。自分を落ち着かせるためにまずは一つ深呼吸。それから斜め左右に座るアーリエとカプリツィアを改めて見つめる。

瞳に宿した光は、我ながら凛《りん》と輝くもののはずだった。この心に抱くリヒトへの思いがあれば、どんなことを言われたって平気だと、そう思えた。けれどそんなマリオンの瞳を見つめ返す二人の瞳には、同じ色の光——愚かな子供をあわれむ光が宿っている。

「あなたの言う〝リヒト〟が《罪源》の一人であることは既に王家に知られていましてよ。あなたが子を生《な》すことを求められる以上に、〝リヒト〟は子を生すことを反対される立場にありますわ」

「王家への絶対の忠誠を誓うならとかなんとか言われそうよねぇ。あのクソガキがそれを大人《おとな》しく受け入れるなんて無理な話でしょぉね」

「〝おひぃさま〟と結婚できるならそれくらい、とマモンが言えるほど、あなたはあの小僧に愛されている自覚があるとでも仰るのかしら？」

「そうそう、未だに〝おひぃさま〟なのにねぇ」

くすくすと笑い合う彼女達の言葉に、なぜだか反論が出てこない。この胸に抱えていた、〝金色の王子様《リヒト》のお姫様〟としての自信が、しゅるしゅると音を立ててしぼんでいくのを感じた。確かにあったはずの、胸を張って自慢できるくらいに信じていたはずの自信だった。それがこんなにも根拠のないものだったなんて。自分でも驚くほどだった。

脳裏に優美な笑みを浮かべた、濃金をまとう恋人の姿が浮かぶ。リヒト。マリオンの、〝金色の王子様《恋人》〟。どうしてだろう。今すぐ彼の元に走りたくなった。リヒトに会って。それからいつものように〝おひぃさま〟と甘く呼びかけてほしい。けれど、けれど、どうしてなのか、その聞き慣れたはずの声が、今は不思議とひどく遠い。

「……どういう意味か、聞いてもいいかしら」

　硬い声で問いかけるマリオンに、アーリエとカプリツィアはその場に座り直して、わざとらしく小首を傾げてみせた。

　さらりと流れるしっとりとした紫の髪。きらりときらめく緑の瞳。それらがマリオンの瞳に、そして心に、まるでヴェールを被《かぶ》せてくるかのようだった。薄く透ける美しい膜が視界を覆《おお》い、瞳も心も惑わせられてしまう。言葉が出てこない。二人の魔女の美しい笑い声がどこか遠い。

「あら、これもご存じない？」

「ホンットに聖爵家は魔法使いのことわりから遠ざかってんのね。これだけ徹底されてるのを見ると、これ、ローゼスが一枚や二枚噛んでんじゃなぁい？」

「あり得ますわね。本当に今も昔も忌々《いまいま》しい一族ですこと。ああ、ごめんなさいね、お嬢さん。いいえ、マモンに倣《なら》って、おひぃさま、とお呼びすべきかしら？」

「だ、だめ！　その、そう呼んでいいのはリヒトだけだもの」

　やっとまともな言葉を発することができて我知らずほっとする。〝おひぃさま〟なんて、幼子のような呼ばれ方、突き詰めれば本当は好きではない。唯一、リヒトが呼んでくれるその響きだけが、どうしようもなく嬉しくて、くすぐったいくらいに喜ばしい。彼にとっての唯一の〝おひぃさま〟――〝お姫様〟であれる自分を、マリオンは大切にしたかった。だからこそ、おひぃさまとマリオンのことを呼んでいいのはリヒトだけだ。リヒトだから、〝お姫様〟と呼んでほしいのだ。でも、どうして、どうしてそれがこんなにも不安を誘うのだろう。

そこまで思ってから、ふとマリオンは気付く。この一か月もの間、意識したことがなかったその事実に、ようやく気付かされる。

「そもそも、あなた達、私のことをそろそろマリオンって呼んでくれてもいいじゃない。私だって、あなた達のことをちゃんと……」

「はぁい、そこまで」

「それ以上は禁じ手の一つでしてよ」

カプリツィア、そしてアーリエ。そう呼びたいのだと主張しようとしたマリオンの言葉を、二人は揃《そろ》って遮《さえぎ》った。

この一か月、一度たりともマリオンのことを『マリオン』と呼んだことはなく、同時に自身のことを『アーリエ』『カプリツィア』と呼ばせることもなかった二人。マリオンが口をつぐむのを見届けた二人は微笑んだ。それはいつもの意地悪な笑顔とは異なる、只人《ただびと》を遥か高みから見下ろす、天に選ばれた者の微笑みだった。

「魔法使いにとって、名前は極めて重要な呪文なのよぉ。だからこそ、魔法使いには〝霊名〟

と呼ばれる二つ名が与えられるの。あたしの場合はレヴィアタンがそれに当たるわねぇ」

「わたくしでしたらアスモデウス。あなたの〝リヒト〟でしたらマモン。あの第二王子でしたらイスラフィル、でしたかしら。魔法に携わる者は総じてこの霊名で他者から呼ばれることになりますわね」

「……それは、どうして？」

「言ったでしょぉ？　個人を縛る最も強力な呪文、それが名前よ。高位の魔法使いにもなれば、相手の名前を呼ぶだけで、そいつのことを心身ともに支配することだってできんのよ」

「そのことわりから逃れるための名前が霊名ですわ。高位の魔法使いほど、滅多《めった》なことがない限りは他人を名前で呼ぶことはございませんの。同時に、自らの名前を呼ばれることも避けるものですわ。いたずらに誰かを支配することも、されることも、魔法使いにとっては旧くから定められたことわりにおける禁忌の一つですもの」

おわかり？　とそれぞれ小首を傾げてくる二人に、マリオンはなんとか頷きを返した。そういえばレミエル様も、と、シラノの花嫁候補の一人であるオフェリヤのことが脳裏に浮かぶ。

「まあ普通に名前で呼ぶことが皆無ってわけでもないけどねぇ。あたし達くらいになると、その辺のやつらに名前を呼ばれたって支配されるわけもないし……逆にあたし達の名前の魔力にあてられて自滅するやつらがほとんどよ。だからあたし達の名前はローゼスと聖爵家にしか伝えられてないんでしょぉね」

「魔法使いとして生きる者は、意識的に〝その気〟……つまり〝支配する気〟がないことを心がけて名前を呼ぶことは可能ですから、第二王子は普段はよほど〝その気〟を心がけているのでしょう。ご苦労様だこと。まああとはどうでもいい相手でしたら、意識するまでもないことですわ。名前を呼ぼうとも、そこに込められた意味がなければ意味はないということですの。けれどね、お嬢さん。本来魔法使いが相手の名前を呼ぶ場合とは、たった一つでしてよ」

アーリエがぴっと長い人差し指を立てた。それを見守るカプリツィアも、うんうんと愉《たの》しげに、アーリエを促すように何度も頷く。

「たった一つ……？」

じわじわと手のひらに嫌な汗がにじむ。アーリエもカプリツィアも、きっととても大切なことを言おうとしてくれているのだろう。けれどマリオンは今、こんなにも聞きたくないと思っている。知らず知らずのうちに固唾《かたず》を飲む。

アーリエの人差し指が、つん、と、マリオンの鼻先をつついた。

「その相手を、生涯のつがいと定めたときだけということですの」

「『結婚相手』って言った方が、にっぶい小娘にも解りやすいんじゃなぁい？」

「っ!!」

今度こそ大きく息を飲んだ。生涯のつがい。結婚相手。それは確かに、今のマリオンがリヒトに望んでいるものだ。けれど、リヒトは、今まで、一度だって――……。

凍り付いたように硬直するマリオンに、アーリエとカプリツィアは笑いかけた。やはり意地悪な……もっと言ってしまえば、残酷な笑い方だった。

「ようやくお気付きになって？」

「あんたに本名じゃなくて〝リヒト〟って呼ばせるのも、実は……やぁだ、ごめんねぇ？」

「どれだけ残酷でも事実は事実として早めに気付くべきでしてよ。ねぇ、お嬢さん？」

「まあそぉね。それにしてもなーんだ。案外あんた、マモンに信用されてないんじゃないの？」

「あらあら、おかわいそうに。なぐさめてさしあげましょうか？」

くすくす、ふふふ。その笑い声はとてもかわいらしくて魅力的なのに、今のマリオンをアーリエの言う通り『なぐさめて』くれることはなく、逆により一層みじめにさせるばかりのものだった。そのまま俯《うつむ》くマリオンの耳元で、リヒトの声が反響する。

――僕のおひぃさま。

その言葉を、もう素直に喜べない気がしてならない。そのまま調理台にべしゃりと突っ伏すと、そんなマリオンの頭をアーリエがなでなでと撫で、カプリツィアが肩をぽんぽんと叩く。

今度こそ本当に『なぐさめて』くれているつもりらしい。そもそものこの落ち込みの原因は彼女達で、彼女達自身にもその自覚があるのだろうが、それでも今ばかりはその感触がありがたかった。

――――だがしかし、落ち込んでばかりもいられない。

アーリエとカプリツィアの発言がぐっさりと胸に突き刺さったままますごしたこの数日。お世辞にも楽しいとは言い難《がた》い日々であったが、さいわいなことに客人が三人もいるおかげで、忙しさには事欠かない。胸の痛みから目を背けるにはぴったりの忙しさだ。

加えて、相変わらず今日も〝災厄令嬢〟に対して、不運と災難は猛威を振るってくれている。

「フ……さすが私、今日も抜かりなくってよ……」

自らの寝室のバルコニーで穏やかな風を受け止めながら、マリオンは遠い目で笑う。

朝から朝食のために近所の養鶏場まで走ったところ、主人曰《いわ》く「いつも大人しいんですが……」という荒ぶる雌鶏《めんどり》達と一戦交えたのが本日の始まりだった。ちなみにそうして手に入れた卵はすべてヒビが入っていたが、見なかったことにして調理を始めたところ、寝起きのままやってきたリヒトに「おはようございます」と流れるように頬に口付けられ、呆然としていたら目玉焼きが固焼きを通り越してまっくろこげになった。泣く泣く自分のものにした。涼しい顔をして見事な半熟の目玉焼きを食べるリヒトを横目で睨み付けた朝食だった。

続けて午前中の達成目標の一つである洗濯に取りかかり、自分の分と客人の分をまとめた女性陣の下着を、ストレリチアス家の男性陣の目に触れない場所に干しに行こうとしたところ、いたずらな風に自分の分だけさらわれてしまい、ちょうどよく……いや運悪く郵便物を持ってきてくれた馴染《なじ》みの配達員の男性に拾われる羽目になり、顔から火が出るかと思った。しかもその下着の目撃者は配達員ばかりではない。もう一人いた。リヒトである。今度こそ本気で悲鳴を上げるマリオンの下着をじぃと見つめた彼は「近日中に僕好みのものを贈らせていただきますね」とにっこり笑ってくれた。まったくありがたくない。「お断りよ！」と怒鳴りつけたのは記憶に新しい。

そしていつもと同じ質素な昼食を終えてからの現在である。屋敷の掃除に取りかかる前に、こうしてバルコニーで休憩というわけだ。器用にバルコニーの手すりに跳び乗ったウカが、トトト、と遊ぶようにその手すりを歩いていく。

「こぉら、危ないわよ？」

マリオンが手を伸ばしても、「大丈夫だもん」とウカはするりするりとマリオンの手をすり抜ける。上手なものだ。さすがストレリチアス家の長男坊、曲芸団でも花形になれるだろう。

ふふ、と笑い声を思わず上げたマリオンだったが、その小さな笑い声をかき消すようなかしましい嬌声《きょうせい》が階下から響き渡る。ここ最近聞き慣れてしまったその声の方を見下ろせば、どうやら今日も今日とてご近所の皆様から季節の山菜をたっぷり貢がれたらしいリヒトと、そんな彼にまとわりつくロクサーヌの姿があった。

「リヒトさん、ね、この辺りにはお詳しいんでしょ？　私に案内してちょうだい」

「申し訳ありません、ロクサーヌ様。僕には仕事がありますので」

「そんなのマリオン様にお願いすればいいじゃない。ね？」

手すりに頬杖《ほおづえ》をつき、なにとはなしに二人をそのままバルコニーから眺める。既視感を感じた。それが何であるのかに、すぐに思い至る。一か月前の王都にて、用意された王宮の迎賓館《げいひんかん》の貴賓室、そのバルコニーから見下ろした中庭。あのとき、リヒトに笑いかけていたのは、ロクサーヌではなく、ファラ・マルメロリアだった。

彼女はリヒトではなく王太子たるアレクセイの恋人であったわけだけれど、きっと彼女にとっても、リヒトは魅力的に映っていたに違いないし、となれば最初からリヒトに秋波を送るロクサーヌにとってはなおさらだろう。

――私がリヒトの恋人なのに。

――そう思っていたのは、私だけ？

ねぇリヒト、と声に出さずに呼びかける。あなたの恋人は、だぁれ？　そう問いかけたら彼はなんて答えてくれるのか。なんだかとても怖くなる。

リヒトもまたロクサーヌ同様に、こちらには気が付いていないのだろう。いつも通りの優美な笑みをそのかんばせに湛えて、あの手この手でリヒトの気を引こうとするロクサーヌの言葉から、手すりを歩くウカのようにするりするりと上手に逃げ続けている。

さすが慣れていらっしゃること、と、ついむっすりと頬を膨らませていた、そのとき。ふいにリヒトの濃金の瞳が、こちらへと持ち上げられる。ばちんっ！　と大きな音を立ててぶつかり合った視線に、思わず硬直する。

マリオンを見上げてくる濃金の瞳が、とろりととろけた。ロクサーヌにそうと気付かれないようにさりげなさを装って、彼は山菜が山盛りになったかごを片手に持ち替え、空いたもう一方の手を自らの唇に寄せる。そしてその口付けを託した手を、マリオンに向かって高く掲げた。

ほんのわずかな間の所作だったが、そうして階下から捧げられた口付けに、マリオンは思い切りのけぞり、そのまま後ろに尻餅をつく。

ロクサーヌの「リヒトさん?」という不思議そうな声がどこか遠い。

なんだかそのままではいられなくなって、ウカを勢いよく抱き上げて、そのままの勢いで自らの寝室へ飛び込み、さらに廊下へと飛び出した。なんだかやけに濃金色のまなざしが脳裏に焼き付いていたけれど、気付かないふりをしてばたんと扉を閉める。

「……ロクサーヌ様のことは、名前で呼ぶのね」

マリオンのことは、一度だって『マリオン』と呼んでくれたことはないのに。

アーリエやカプリツィアが教えてくれたことと、リヒト自身の発言を踏まえれば、リヒトにとってロクサーヌは『支配するまでもないどうでもいい相手』だからこそその名前を口にしているのかもしれない。だがしかし、それでもうらやましいと思ってしまうこの心を、一体どうしたらいいのだろう。

――リヒトって、私のこと、本当に好きなのかしら。

自分が《寛容》の聖爵たるストレリチアス家の末裔《まつえい》であり、彼の呪いを結果として解くことになった相手であるからこそ、彼は自分に囚《とら》われているのではないだろうか。それは愛着でも執心でもなく、呪縛だ。恋愛感情などではなく、ただの勘違いなのではないだろうか。

「疑いたいわけじゃないのに」

これで自分が誰にも負けない、それこそ今回やってきたシラノの花嫁候補達のような完璧なご令嬢だったら違っていたのかもしれない。実際の自分は、誰もが恐れる〝災厄令嬢〟だというのだからもう涙も出てこない。

そうだとも。これくらいで自分に落胆していては、〝災厄令嬢〟の名がすたる。もう胸を張って〝災厄令嬢〟と名乗り、このままの自分で勝負してやろうではないか。

「よし、とりあえずはお掃除よ。屋敷の乱れは心の乱れ！　今日は徹底的に屋敷中を綺麗にしてみせるわ！」

いくわよウカ！　と足元に彼を放すと、きゅん！　と勇ましく鳴いたストレリチアス家の長男坊は、トットットッと足取り軽く歩き出す。

その後に続くマリオンは、目の前で揺れる彼のふかふかのしっぽに、リヒトの長い濃金のまとめ髪が重なって、一瞬息を詰まらせる。けれどそれもまた気付かないふりをして、手始めにシラノの執務室へと向かうことにした。

「叔父様、お掃除に入ってもよろしいでしょうか？」

「ああ、マリィ。構わないよ」

「失礼いたしま……まあ、レミエル様？　アガタ様も」

ようやくたどり着いた執務室の扉を開けたマリオンは、瞳をぱちぱちと瞬かせた。マリオンの視線の先、正面の執務机の向こうには、いつも通りシラノが座している。本来殺風景とすら言えるはずのこの執務室には、いつもならば存在しないはずの花が咲き誇っていた。楚々としたオフェリヤ＝レミエル＝ウィステリアータと、華やかなるアガタ・シャロンである。

二人はどうやら、シラノの執務机に詰め寄っている様子であった。二人とも、シラノの気を引こうと、普段それぞれあの手この手で彼に迫っているものの、もともと分別のついている令嬢らしく、政務の邪魔をするような真似は決してしてこなかった。だというのに、今日はどうしたことだろう。

「ですから！　ぜひとも当家から出資させてくださいな。決して損はさせませんわ」

アガタが焦《じ》れたように割り込んで、シラノに詰め寄っている。その様子に、オフェリヤもすぐにアガタの隣から机の向こうのシラノに向かって身を乗り出した。

「いいえ、ぜひ我がウィステリアータ家から援助させてくださいませ。シャロンのお方は出資と仰いますが、それはつまり、いずれは見返りをお求めになられるということでしょう？　とんでもございません。当家でしたら、夫となる殿方に対して、決して見返りなど求めませんわ」

「はあ？　見返りなしの援助なんて、レミエル様、随分強気でいらっしゃるのね。それでシラノ様の弱みを握ろうなんて、それこそ〝どんでもない〟ことじゃない」

「わたくしはただ、ご領主様のお力になりたいだけですわ」

「あーら、随分と殊勝《しゅしょう》なことを仰るのね！　それがシラノ様の前でいつまで続くか見ものだわ」

「そちらこそ、青き血の一滴も持ち合わせていらっしゃらないくせに、ご領主様に向かって出資だなんて無礼なことを……！」

バチバチバチッ！　と、オフェリヤとアガタの間ですさまじい火花が散った。なるほど、アガタもオフェリヤも、どうやらいよいよストレリチアス家の困窮ぶりに目を付けたらしい。マリオンはようやく現状を理解した。

一触即発の沈黙を打ち破ったのは、くわあああ、という、大きなあくびの声だった。なんとも気の抜けたその声に、自然と全員の視線がそちらに集まる。シラノ——では、ない。シラノもまた、自らの膝を見下ろしている。やがて、ひょこっと、シラノの膝の上から執務机の上へと、縞模様の毛玉、もとい子虎のベルが飛び乗った。

深い青の瞳がぐるりと部屋を一巡する。ひっと息を飲むオフェリヤとアガタのことなど一切気にかけていない様子で、彼女は自らを見下ろすシラノを見上げ、ちょいと頭をもたげて、ぺろりと彼の鼻先を舐めた。子虎の表情は読み取れないが、確かに親愛の込められた彼女の仕草に、シラノの表情がやわらかく崩れる。

「ああ、ベル。すまない、起こしてしまったね。お腹《なか》が空いたのかな？」

子虎の喉をくすぐってやりながら問いかけると、ぐるる、と、その通りだと言いたげに子虎は唸る。ちょっと待っておくれ、と彼女の背を撫でて、シラノはその視線を目の前のアガタとオフェリヤへと持ち上げた。

　マリオンと同じその銀灰色の瞳には、もう恐れはない。いつも通りの穏やかな光を湛え、シラノは「申し訳ないが」と口火を切った。

「シャロン家からの出資も、ウィステリアータ家からの援助も、お断りさせていただこう」

「そんな！　シャロン家からの出資をもとに、必ずあたしがこの地をもっと豊かに……！」

「ご領主様、どうかご遠慮なんてなさらないでくださいませ。ウィステリアータ家は……」

「お二人の厚意はありがたいがね。シャロン家の出資を受けたとしても、こんな僻地《へきち》ではなかなか商売は成り立たないことは、過去の事例から折り紙付きだ。そしてウィステリアータ家は高名な魔法使いを何人も輩出している名門だ。その血の流れの一つを、魔力が封じられた当家で絶やすのは惜しまれるべきことだろう」

　そして、と、一つシラノは言い置いて、静かにアガタとオフェリヤを見据えた。今にも反論の言葉を連ねようとしていた二人は、シラノの凪《な》いだ瞳に気圧《けお》されたように口をつぐむ。

「我がストレリチアス家は、あくまでも《聖爵》なんだ。シャロン家もウィステリアータ家も、このレジナ・チェリにおいて、相応の発言力を持つ名家であると私は思っている。政治から遠ざけられるべき聖爵家に、どんな理由があろうとも、そう簡単に出資や援助をお申し出くださるべきではない」

　穏やかに諭《さと》すような言いぶりではあるが、シラノの言葉には、確かな拒絶が込められていた。

今まで弱気な姿勢ばかりであった彼が、おそらく初めて見せた、本来の彼の芯のある姿に、アガタもオフェリヤもすっかり黙りこくっている。マリオンすら、シラノがこんなにも強気な態度が取れたことに対して、驚きを隠せない。

言葉が出てこない女性達の様子に、やがてシラノはふふと笑った。茶目っ気を込めたその笑い方に瞳をそれぞれ瞬かせる女性陣に、彼は机の上の子虎を撫でながら続ける。

「それに、当家の血を残すのならば、私のかわいい姪が、既に立派な相手を見つけていてね」

「！」

いきなり矛先を向けられて息を飲むマリオンの方を、アガタとオフェリヤが一斉に振り返ってくる。アガタにはじろりと睨み付けられ、オフェリヤにはすがるように見つめられる。しかし何と言っていいものか解らずおろおろと戸惑うばかりでいると、二人はようやく諦めたように執務室から出て行ってくれた。

ようやく身内だけになった部屋の中で、シラノが大きく溜息を吐き、机の上で寝そべりながら干し肉を食《は》む子虎の背に顔を埋める。子虎は若干うっとうしそうにしたものの、それでも拒絶する気はないらしく「仕方がないな」と言いたげにシラノから提供された干し肉をガジガジと噛み締めている。

「お、叔父様」

「ああ……マリオン。すまなかったね」

予想外の謝罪だ。どういうことかと視線で先を促すと、シラノはいかにも申し訳なさそうに「つい先ほどの話だよ」と再び溜息を吐く。後悔がにじむ溜息だった。

「いくらあのお二人を諦めさせるためとはいえ、お前のことを引き合いに出してしまった。お前達のことは私が口を出すべきことではないというのに……」

「え、あ、そのこと、ですか」

「さすがにあのお二人も、お前やリヒトに詰め寄ることはないだろうが、それにしてももう少し別の断り方があったはずだった。本当にすまない」

「そんな、顔を上げてくださいませ！」

深々と頭を下げてくるシラノに、マリオンは慌《あわ》てて駆け寄った。机越し、子虎の上で彼の手を取ると、ウカも机の上に飛び乗ってきて、てしり、と、その手をマリオンが握り締めるシラノの手の上に乗せる。

「叔父様だけにご負担を強いてしまい、私こそ申し訳ございません。私にお手伝いできることはなんでもさせてくださいな！」

「だが子作りはそうはいかないだろう」

「!!」

シラノがさっくりと口にしたその単語に、マリオンの顔が見る見るうちに赤くなっていく。様子の変わったマリオンに気付いたウカが、「何を言ったの！」とシラノにきゃんと吠《ほ》え、子虎にわずらわしそうにていっと前足で押しのけられる。負けじと立ち向かおうとするウカを両手ですくい上げ、その小さな身体をぎゅうと抱き締めて、マリオンはあうあうと口を開閉させた。

ウカのぬくもりでなんとか気を落ち着かせようとしている姪の様子に、ようやくシラノも、自分のとんでもない発言に気が付いたらしく、ハッと息を飲み、顔を赤らめた。

「す、すまない……！　無神経だった！」

「い、いいえ」

ふるふるとかぶりを振ってみせると、シラノは「と、とにかく」と未だ顔を赤らめつつも、気を取り直すように咳払《せきばら》いをしてみせた。

「お前達は、お前達なりの歩みでいいんだ。私のことは気にしないでいい。なぁに、大丈夫だ。私にはベルもいてくれるしね」

なぁ、ベル。そう子虎を撫でるシラノに、子虎の正体と思われるものを知るマリオンとしては「逆に余計に心配ですわ叔父様……！」と内心で悲鳴を上げたくなったが、叔父が大層優しく子虎を見つめる姿、そして子虎もまたそれを当然のように受け入れている姿に、何も言えなくなってしまった。

——そして、その一件が、きっかけだったのか。

あくまでも自分の主観であるが、オフェリヤがますますシラノに執着するようになり、逆にアガタの心は徐々にシラノから離れていっているように、マリオンの目には映った。両者が対極であるからこそ、その違いはより一層明らかだった。

洗濯桶《おけ》に井戸水を張り、シラノのシャツを石鹸《せっけん》と一緒に洗濯板にこすりつけながら、うーん、とマリオンは唸る。

「人それぞれということなのかしら？」

恋心、というものは。恋愛初心者のマリオンには解らないが、オフェリヤのように明らかに積極的に迫るのも、アガタのようにあえて距離を置いてみせるのも、華やかな王都で生きる女性達の恋愛における手練手管というものの一つなのかもしれない。

「ねぇウカ？　あなたはどう思って？」

手桶に張った井戸水を前足ではじいて遊んでいたウカに問いかけると、彼はきょとんと首を傾げた。幼い仕草にぷっと吹き出す。

「そうね、まだあなたには早かったわね……って、こら！　やぁだ、冷たいじゃない！」

まだまだ幼い子狐に問いかけるには早すぎたことを謝罪するマリオンに、「そんなことないもん！」と主張するかのように、ウカは濡れた前足を突き出して飛びかかってくる。

マリオンは「だめだったら」とわざと眉を吊《つ》り上げてみせた。がーん、とショックを受けたように固まったウカだったが、すぐに気を取り直したようにマリオンの隣にちょこんと座る。

ちょいちょい、と洗濯桶に手を伸ばしながら、ちらちらとこちらをうかがってくる彼の様子に、もしかして、とマリオンはわしわしと洗濯板にシャツをこすりつける手を止めた。

「お手伝いしてくれるの？」

まさかね、という気持ちであったというのに、なんと子狐はきゃん！　と凛々《りり》しく頷いた。けなげすぎる。マリオンは、ウカのその誇らしげな姿に完全に陥落《かんらく》した。

「なんて優しい騎士様なのかしら！　ろくに仕事もしないあの〝王子様〟とは大違……」

「〝王子様《僕》〟がなんですって？」

「きゃあっ!?」

突然頭上から降ってきた声に大きく身体をびくつかせる。同じく驚きゆえにその場から飛びのいた、獣であるウカにすら気付かせずに背後に現れた〝王子様〟、もといリヒトが、にっこりと笑って、しゃがみ込んだままのマリオンのことを見下ろしていた。

ばちりと視線が噛み合った。そのまま絡めとろうとしてくるかのようなまなざしに耐えられず、マリオンはうろうろと視線をさまよわせ、なんとか彼の瞳から逃れようとする。だからこそ、濃金の瞳に宿る光に、苛立ちが混じったことに気付けない。

「お、驚かせないでちょうだい」

「失礼いたしました。けれどこうでもしなくては、おひぃさまは僕と顔を合わせてくださらないと思いまして」

「そ、んなこと」

「ない、とは言わせられませんね。近頃僕を避けていらっしゃることに、僕が気付かずにいられると本気でお思いで？」

リヒトは笑顔である。いつも通りの優美なそれだ。だがしかし、そのこめかみに青筋が浮いているように見えるのは、きっと……いいや、間違いなく気のせいではない。これはおそらくではなく確実に、彼は怒っている。それも、非常に、だとか、極めて、だとかいう形容詞が付属するほどに。

いつも以上にその美貌を凄絶《せいぜつ》なまでに輝かせながら、背景にゴゴゴゴゴゴという効果音を背負って、リヒトは微笑む。

「さ、申し開きがあるならばどうぞ」

「た、たまたまじゃないかしら……なーんて」

「なるほどよほど僕にお仕置きされたいと」

「ちがっ、ちがうってば！　その、あの」

「はい」

「……言いたくないわ」

「…………へェえ？」

濃金の瞳が冷ややかに眇められた。だがマリオンはそれでも口が開けなかった。

――こ、こここここ、ここ、こ、『子作り』……!!

婚約も結婚も通り越したその一言のせいでリヒトの顔がまともに見られなくなってしまったなんて、一体どんな顔で言えというのだろう。顔から火が出るような思いだった。たとえ『子作り』なんてものがマリオンに義務として求められるものであったとしても、だからってそう「はい頑張ります!」なんて言えるはずがない。

「おひぃさま」

「なっ!? っん、む～～～～～～～～～っ!?」

身をかがめてきたリヒトに、ガッと両手で顔を上に持ち上げられたかと思うと、そのまま固定された。そしてそのままむちゅううううううううっと口付けられる。

「ん、んんんっ!」

抵抗しようにも、何をどう抵抗したらいいのか解らない。考えれば考えるほどわけが解らなくなっていく。そして、いよいよマリオンが酸欠に陥《おちい》りそうになった、そのとき。それまで餓《う》えた獣のようだった、間近にある濃金の瞳に、ようやく満足げな光が浮かぶ。

――――がぶり!

「あいたぁっ!?」

その鮮やかな光に目を奪われたかと思ったら、鼻の頭に思い切り噛み付かれた。悲鳴を上げ、涙目になってへたり込むマリオンを見下ろして、マリオンの〝王子様《こいびと》〟であるはずのリヒトはにっこりと笑った。

「そのかわいらしい鼻で呼吸する方法、次は学んでおいてくださいね」

「っいじわる！」

「僕が意地悪なのは、あなたにだけですよ。惚れた女はいじめたくなる性分でして」

「じ、自慢にならなくてよ！」

涙を湛えて睨み上げたとしても、ちっとも迫力がないことくらい、自分でも痛いくらい解っていた。先ほどまでの不機嫌ぶりは一体どこへ放り投げてしまったのか、リヒトは、そうして「リヒトさぁん！」という甘ったるいロクサーヌの呼び声にそちらを見遣り、「それでは」と軽い足取りで颯爽《さっそう》と去っていった。

やりたいだけやらかした挙句に、涙目でへたり込んでいる恋人を放置していくなんて、それが〝王子様〟のやることなの!? と、叫ぼうにも、もうそんな気力なんて残されていなかった。

ひりひりと痛むのは鼻の頭か、それともこの胸なのか。ちっとも名前を呼んでくれない彼に思うところはあるし、子作りという単語に踊らされている自覚もある。それを馬鹿正直にリヒトに伝える真似なんてできるはずがないけれど、それでも反撃の一つもできなかったことは普通に悔しい。まるで一人でワルツを踊っている気分だ。この手を取ってくれるはずのリヒトの手を、マリオンはどうにも掴みかねている。

「慣れればなんとかなるのかしら……」

「そういう問題じゃないとあたしは思うけど？」

「ひゃっ⁉」

背後からかけられた声にびくっと身体が跳ねた。ウカが慌てて、へたり込んだままのマリオンのスカートの中に飛び込んでくる。彼の好きなようにさせたまま、背後を振り返ったマリオンは、そこに立っていたアガタの姿にぱちぱちと目を瞬かせた。アガタはくすりと笑う。

「ごめんなさいね、マリオン様。見ちゃった」

「へ」

「シラノ様の仰っていたマリオン様のお相手って、リヒトさんのことだったのね」

「……！」

楽しそうに笑うアガタの表情に、慌てて立ち上がったマリオンは、思い切り顔を赤く染めた。

リヒトはこれまで、基本的に、客人達の前ではマリオンをあれこれ構うような真似はしてこなかった。だからこそ余計にロクサーヌは彼に執心するのだろうが、こうなればもう、アガタに対しては言い訳なんて何一つできそうにない。

「あ、あの、えっと」

「ふふ、いいじゃない。シラノ様にも認められてるんでしょ？」

「それは、そう、ですけれど」

「ってことは、シラノ様は平民との婚姻に対して偏見はないってことね。いいこと知ったわ」

顔を赤らめたままなんとか頷きを返すマリオンに対し、ニヤリとアガタは唇に弧を描く。見事な三日月を映したかのような笑みは、いずれ自身の夫となるかもしれない男性に対する熱情に浮かされた乙女のものではない。商いの取引相手に向ける狡猾《こうかつ》な商人のものだ。

自分がリヒトのことを想う感情を知っているからこそ気付けたアガタのその笑みの意味に、マリオンは気付けば「あの」と口を開いていた。

「アガタ様は、叔父様のどこがお好きなのですか？」

それは本当は、問いかけるべきではなかった質問であったのかもしれない。実際に口に出してから、そのことに気付いた。アガタの瞳が、今までになく冷ややかに細められたからだ。

「……マリオン様は、本当に、お貴族サマのお嬢様なのねぇ」

ご立派ね、と続けるアガタの口ぶりに、馬鹿にされているのだと理解できても、どう反論していいのか解らない。沈黙を選ぶマリオンに、シラノの花嫁候補である彼女は肩を竦めた。

「シラノ様は魅力的よ。あたしの結婚相手として、これ以上なくね」

でも、と、有能な商人でもあるのだという彼女はふふと笑う。

「恋愛対象としては、別に、何一つ好みじゃないのよねぇ」

「……はい？」

さらりと間髪入れずに返された答えに、思考が追い付かなかった。ええっと、と言葉を探すマリオンを、しばし見つめていたアガタは、「この際だから言っちゃうけどね」と人差し指を立てた。その指を自らの唇に押し付けた彼女は、「シラノ様には内緒よ」と続ける。

「あたしの実家のシャロン家は、確かにお金に困ることはないそれなりの商家だけど、あいにく、一滴も貴族の血が流れてないのよね。あのウィステリアータ家のお嬢様が仰る『青い血』ってヤツよ。あたしがシラノ様に求めるのはそれ。それだけよ」

つまりは、それ以外には何も求めないのだと、アガタは断じた。そんな、と唖然とするマリオンに、彼女はつまらなそうに瞳を伏せる。

「聖爵家のお嬢様には解んないでしょうけど、商売においていざというとき、貴族の後ろ盾があるかないかは大きな差になるのよね。だからウチの親父《おやじ》はあたしをあなたの家——《寛容》の聖爵たるストレリチアス家に嫁《とつ》がせたいのよ。聖爵家っていう貴族の価値は、このレジナ・チェリじゃ王家に十分次ぐんだから」

淡々と語られるアガタのセリフに、温度はない。感情の一切を排した言葉の数々に、マリオンは首を傾げた。そもそも、と、もとを正してみて、ふと湧き上がってきた疑問がある。

「アガタ様のなさりたいことは、貴族の地位がなくちゃ、どうしてもできないことなのですか？」

《聖爵》がどれだけ貴族として魅力的であったとしても、アガタにはそんなものなんて今更必要ないように思えてならないのに。

うーん、と首をさらに傾けるマリオンに対し、アガタは何も答えなかった。あら？　とそちらを見遣れば、彼女は、ただ、驚いたように、その黒鳶色の瞳を限界まで大きく瞠っていた。

「あの、アガタ様？　どうかなさいまして？」

「――――ッなんでもないわ。ごめんなさいね、マリオン様。本当になんでもないの」

気にしないでちょうだい、と言い残し、アガタは踵《きびす》を返した。深い色をしたドレスのすそがひるがえる。

なんでもないと言われても、明らかに『なんでもない』ようには見えなかった。どこかおぼつかない足取りで去っていったアガタを見送るマリオンのスカートのすそから、ウカがひょこりと顔を出す。

「もしかして、余計なことを言ってしまったかしら？」

ウカは「わかんない」と言いたげにきょとんと首を傾げる。愛らしい仕草に、「そうよね、解らないわよね」と、マリオンも頷きを返す。そしてとりあえず、甘えてくる彼の頭を撫でることしかできなかったのだった。

第２章　期待も不安もございますが

これは本当にまずいことになったのかもしれない、と、マリオンがようやく気付いたのは、今朝、ベッドで目を覚ましたときのことだった。寝ぼけまなこをこすりながら気付いたその事実は、マリオンをいつまでもとろとろと寝起きのまどろみの中にいさせてはくれなかった。

そのとき脳裏に浮かんだのは、今もなおストレリチアス邸で日々を暮らしている、シラノの花嫁候補達三人のことである。

まず一人目、ロクサーヌは相変わらずリヒトにべったりだ。シラノには最初から一貫して興味などないらしく、リヒトに傾倒し切っている様子に、マリオンはもう彼女についてはほぼほぼ諦《あきら》めている。リヒトがもっと彼女に対して毅然《きぜん》とした態度を取ってくれたらまた話は変わってくるのかもしれないが、彼はロクサーヌに対して「ほどほどに僕に繋《つな》ぎ止めておきますね」という態度を貫いているので、もう期待するのは諦めた。

続いて二人目、アガタであるが、彼女は彼女で、当初とは打って変わって、シラノのことなんて頭にないようなのだ。先日マリオンとリヒトのやりとりを目撃した彼女と交わした会話以来、なんとも彼女は物憂げな様子である。心ここにあらず、とでも言うのが、きっと一番ふさわしい。今のアガタの心には、シラノが入り込む隙間《すきま》なんてなさそうだ。

この時点で、ロクサーヌ、そしてアガタを、シラノの花嫁候補として数えるのは大層難しくなった。

最後に残った三人目、オフェリヤだけが相変わらずシラノのことを追いかけてくれているけれど、彼女の積極的なアプローチにシラノの方が戸惑い、平たく言えば引いてしまっている。シラノ自身が彼女を花嫁候補として見ていないのが見て取れる態度であり、となればオフェリヤも花嫁候補として挙げるのは少々気が咎《とが》めるものがある。

つまり、花嫁候補は、誰一人残らない、ということだ。

別に叔父《おじ》に無理矢理結婚を強《し》いるつもりなど毛頭ないマリオンにとっては、「仕方がないけれど、本人の気持ちの方が大切だし」と今回の話は見送ってしまって構わないものではあるのだけれど――しかし。そこで発生する問題がある。シラノに、ではない。マリオンに、だ。

――だから、金貨十枚分の私って、何!?

そう、リヒトが一方的に押し付けてきた賭けの話である。花嫁候補が全員消えてしまえば、自分の負け。勝利を収めたリヒトに対し、マリオンは〝金貨十枚分〟の自分を差し出さなくてはいけないのだ。それが何を意味しているのか解《わか》らない。本人に聞いても教えてくれなかった。

とはいえ、金貨十枚といえばとんでもない大金であり、リヒトが求めるのは、マリオンの想定を超えるものであるのだという。となれば当然、自分の身が無事にすむとは思えない。

――こうしちゃいられないわ！

そう気付かされたマリオンは、決めた。叔父のためにも、自分のためにも、このまま何もしないままではいられない。

と、いうわけで。


「今日は皆さんに、ストレリチアス領を案内しますね！」


例によって例のごとくささやかな朝食の並ぶ食卓にて、マリオンは、昨夜シラノに相談した通りの宣言をした。シラノがうんうんと頷《うなず》き、その膝《ひざ》の上で子虎がくわあぁと大きなあくびをする。ロクサーヌは隣に無理矢理座らせたリヒトに、これまた無理矢理『あーん』をしようとしてやんわりと断られている。アガタはほとんど朝食に手を付けずに、いたずらにその手でカトラリーをもてあそぶだけだ。唯一オフェリヤだけが、「まあ、素敵ですね」と楚々《そそ》と笑いかけてくれた。

オフェリヤだけでも興味を示してくれたことに安堵《あんど》しつつ、マリオンは気を落ち着かせるためにも膝の上で干し肉にかじりついているウカの背を撫《な》でて、「せっかくですから」と続ける。

「ロクサーヌ様もアガタ様もレミエル様も、この屋敷にこもりっきりじゃ気が滅入《めい》ってしまわれるでしょう？　ぜひこのストレリチアス領がどんな地であるのか、ごらんになってくださいませ」

婚姻を結ぶにあたって重要なのは、シラノの人となりばかりではない。彼との縁談がまとまれば、花嫁候補達は本当の花嫁になってこの地に嫁《とつ》いでくることとなる。その前に、このストレリチアス領がどんな土地であるのかを知るのは、決して悪い提案ではないはずだ。

昨夜シラノにこの話を持ち出したところ、何もかもを姪《めい》に押し付ける形になっていることに気が咎めてならないらしい彼は、「それならば私が」と立候補してくれたが、マリオンはいつぞやと同じく丁重にお断りさせていただいた。せめて女性陣が不在の間だけでも、シラノには心穏やかな時間を過ごしてほしかった。そういう意味でも、今回の提案は、ぜひとも成功してほしい提案だったのだ。

いかがでしょうか、と食卓を見回す。ロクサーヌは「こんなド田舎《いなか》でわざわざ見るべき場所なんてあるのかしら」と心底不思議そうに首を傾《かし》げ、アガタは短く「解ったわ」としか答えずティーカップを口に運ぶ。そしてやはりオフェリヤだけが、白磁のような頬を嬉《うれ》しそうに薄紅に染めた。

「ご領主様がすごされてきた土地……！　なんて魅力的なのかしら。ありがとうございます、お嬢様。いずれわたくしが暮らすことになるこの地について知るのは、ご領主様の妻として当然の義務ですものね。領民の皆さんにもわたくしのことを知っていただきたいわ。いずれご領主様と改めて町の視察に出るための準備段階ということかしら。ああ、本当に素敵！　わたくし、ご領主様の分まで、しっかりお役目を果たしてみせますわ。お嬢様、よろしくお願いいたしますね」

「え、あ、は……はい……」

一人だけでも乗り気になってくれたことは嬉しくありがたいが、それにしてもオフェリヤの発言があまりにも先走りすぎたものになっているように感じられてならない。領主の妻としての義務だなんて、そこまでは誰も言っていない。

ロクサーヌがオフェリヤのことを小馬鹿にしたように一瞥《いちべつ》した。「よく仰《おっしゃ》るものね」とでも言いたげだ。そしてアガタは……やはりぼんやりとした様子で、既《すで》に空になっているティーカップを片手に、どこか遠くを見つめている。

今までの彼女であれば、ライバルであるオフェリヤに一言や二言ちくりと刺すような発言をしてから、負けじとシラノにアピールしていただろうに。

本当にどうしたのだろう、アガタの横顔をうかがうと、こちらの視線にようやく気付いたらしい彼女ははっと息を飲んで、それからようやく「気晴らしによさそうね」と毒にも薬にもならない一言を添えてくれた。

「大したものは確かに何もないが、自然が豊かなのどかな土地だ。ぜひ楽しんできてほしい。マリオン、皆さんを任せたよ。リヒト、マリオンの補佐を」

「はい、叔父様」

「かしこまりました。お任せください」

　こうして、マリオンを筆頭として、花嫁候補三人、そしてリヒトとウカは、朝食を終えた後、身支度を整えて、ストレリチアス邸を後にすることと相成った。

　近くの農場から借りてきた馬をストレリチアス家の紋章が刻まれた馬車に繋ぎ、ロクサーヌ達を乗せ、マリオンは御者台にリヒトと並んで座る。災厄が約束された領主一族の馬車の御者台に座りたがる物好きなどいないので、必然的にマリオン、あるいはリヒトが御者になることになるのだが、今回はリヒトがその役を買って出てくれた。ロクサーヌには「マリオン様がなされればいいじゃない！　リヒトさん、私の隣に座ってくださいな」とせがまれたが、さすがにリヒトもそこまで彼女に心を砕く気はないらしい。マリオンがこっそり安堵の溜息《ためいき》を吐いたのは余談である。

　愛用のパラソルをさして御者台に座るマリオンの膝の上には、ウカが行儀よく腰かけている。

「ねえねえどこへ行くの？」とちらちらこちらを見上げてくる長男坊の眉間《みけん》をくすぐってやりながら、マリオンはちらりとリヒトに目配せした。リヒトは心得たように鞭《むち》をしならせる。馬のいななきとともに、馬車はゆっくりと走り出した。

「皆さん、今から町に向かいます。それまでは窓からの景色を楽しんでくださいね」

　御者台から振り返り、客車の中の花嫁候補達に向かって声を張り上げる。返事はない。よく考えてみたら、お世辞にも仲がいいとは言えない三人をまとめて客車に押し込んだのは悪手《あくしゅ》だったのでは、と遅れて気付いたが、今更すぎてどうすることもできない。景色で気を紛《まぎ》らわせてくれればいいのだが、どこまでも緑が続くばかりの光景では、すぐに飽きてしまうだろう。

突然マリオンに向かって跳んできた大きな泥まみれのカエルをパラソルではじき返し、続けてまだ熟してもいないのにぷつんぷつんと枝から落ちてくる果実の雨をこれまたパラソルで防ぎつつ、それでもこの行楽は無駄《むだ》ではないはずだと自分に言い聞かせる。

「それにしても、おひぃさまも本当に諦めが悪くていらっしゃる」

「え？」

馬車が川辺に差し掛かったところで、大きく跳ねた川魚による想定以上の水しぶきから、さらにパラソルによって自らを守るマリオンの耳に、笑みを含んだ声が届く。パラソルから顔を覗《のぞ》かせてそちらを見遣《みや》れば、器用に手綱《たづな》を操りながら、リヒトがこちらを見つめていた。

「諦めが悪いってなんのことかしら」

「おや、お解りでないと。もちろん賭けについてですよ。そろそろおひぃさまも、後ろのお三方が旦那様にはふさわしくないとお気付きになられたのでは？」

「うっ」

ぎくりと身体《からだ》を強張《こわば》らせて言葉に詰まるマリオンを見つめる濃金色の瞳に浮かぶのは、揶揄《やゆ》ばかりではない。じりじりとマリオンを焦《こ》がすような熱がそこにある。

「いい加減に敗北を認めていただきたいんですが。僕はそう気が長い方ではないんですよ」

『いい加減』という言葉の通り、リヒトは大層焦《じ》らされに焦らされていると言いたげだ。そのマリオンによる焦らしが、とうとう苛立《いらだ》ちすらも招いているらしく、彼の表情はいつも通りの優美な笑顔であるというのに、瞳に宿る光はなんとも凶悪である。御者台の上では逃げ場なんてあるはずもなく、目を逸《そ》らすことしかできない。

「ま、まだ、まだ解らなくってよ」

「へェ？」

まだ言うか、と、リヒトの瞳が眇《すが》められる。そのままじぃと見つめられ、マリオンは背筋を冷や汗が伝っていくのを感じた。

パラソルの持ち手をぎゅうと両手で握り締めるばかりのマリオンを、膝の上のウカがちらちらと見上げ、そのまま彼のどんぐりのような瞳が隣のリヒトへと向かう。きゃう！　とウカが吠《ほ》えた。「いじめちゃだめ！」と猛然と抗議するかのような勇ましい鳴き声に、リヒトがわずらわしそうにウカのことを見下ろす。

リヒトの美貌が浮かべるその表情はお世辞にもやわらかいとは言い難《がた》いものだが、それでもなおマリオンを守ろうととうとう唸《うな》り始めたウカの頭を、マリオンは片手にパラソルを持ち直して、空いた片手で撫でてやる。その途端、ふにゃりととろけたように目を細めて喉を鳴らし始める子狐《こぎつね》の姿に、リヒトも毒気が抜かれてしまったらしい。

はあと彼は溜息を吐いた。そしてその溜息を吐き出した唇が、綺麗《きれい》な三日月のような弧を描く。いつもの優美なそれとは異なる、凄絶《せいぜつ》な色気を放つ笑みだ。

「僕に〝我慢〟なんてものを覚えさせた責任、きっちり取っていただきますよ」

いやはや、楽しみです。そう続けたリヒトは、また鞭をしならせた。馬が応えるようにその歩みを速める。なんだかどんどん追い詰められていく状況に顔を青ざめさせたマリオンは、それでもなんとか、突然襲い来た羽虫の群れをパラソルで追いやった。

そして馬車は、ようやくストレリチアス領においても比較的栄えた町へと到着した。

領主の馬車の登場にざわつく周囲をよそに、その馬車を馬車止めへと寄せてから、花嫁候補達に客車から降りてもらう。ここでここぞとばかりにロクサーヌが馬車から降りるタイミングでリヒトに飛びついたり、やはりぼんやりとしたままのアガタが足を滑らせかけてマリオンに受け止められたりなどという一件もあったが、とにもかくにもマリオンは、ロクサーヌ、アガタ、オフェリヤを、リヒトを案内に付けて、町中へと送り出した。

マリオンは馬車で留守番だ。何せ災厄令嬢と呼ばれるマリオンの顔は当然この町でも知られているし、花嫁候補達を案内するにあたって彼女達をその災厄に巻き込むわけにはいかない。それにウカもいる。マリオンのスカートにこっそり隠れているとはいえ、町中でうっかり見咎められるかもしれないのはいただけない。

今回の行楽を発案したのは自分であり、その責任をきっちり自分で果たせないなんて情けないが、こればかりはどうしようもないので諦めるしかないのだ。四人を見送った後、パラソルをさしたまま御者台で彼女らが帰ってくるのを待つことにする。

　そのまま待つことしばし、暇《ひま》ね、と、ひっそりと呟《つぶや》いても、相槌《あいづち》を打ってくれる相手はいない。こうなることなんて最初から解っていたのだから、せめて暇つぶし用の本でも持ってくるべきだった。ウカがうろうろとスカートの中でじゃれついてくる、そのこそばゆさだけがマリオンにとってのなぐさめだ。

　なんとなく周囲を見回して、あちこちに出店されている露店が商う商品が何かを遠目で確認して、そういえば、と思い出す。露店で商われているのは、美しい装飾の髪飾りの数々だ。

「もうすぐ〝マイレースレの結婚式〟ね」

　マイレースレ。それは旧《ふる》い言葉で〝五月の薔薇《ばら》〟を意味する。

　マイレースレの結婚式とは、このレジナ・チェリ国において、初夏に催される行事の一つである。夏至の前にやってくるその恒例行事において、未婚の乙女は、とっておきの髪飾りで伸ばした髪を結い上げる。〝五月の薔薇《マイレースレ》〟に扮《ふん》した乙女は、将来の夫としたい相手と、その相手に作ってもらった〝冬〟を意味するブナの木でできた灯篭《とうろう》を川に流すのだ。そうして、好いた相手とともに無事に〝冬〟を送り出したマイレースレは、〝夏〟を招く〝天の花嫁〟となるのである。

　マリオンはこれまで、マイレースレとして〝結婚式〟に参加したことはない。何せ相手がいなかったからだ。婚約者だったアレクセイは王都にいて、一緒に参加できるわけがなかったし、そもそも彼には最初からその気などなかっただろう。けれど、今年は。

「……リヒトが、いる、けれど」

一緒に参加してくれるだろうか。未《いま》だにマリオンのことを、一度だって『マリオン』と呼んでくれない彼は、マリオンのことを〝おひぃさま〟ではなく〝天の花嫁〟にしてくれるだろうか。期待しても、いいのだろうか。

期待よりも不安の方が大きくなり、パラソルをかざして顔を隠す。今の自分が大層不細工な顔をしている自覚があった。そのパラソル越しにでも、周囲からの視線を感じる。御者台のマリオンに向かってちらちら恐る恐る向けられる視線は、心地よいものではない。こそこそとささやかれる会話だって、きっと好意的なものではないだろう。いくらパラソルをさしていたとしても防げないたぐいのものは厄介だ。とはいえ、今まで〝災厄令嬢〟とはそういうものだったから仕方ない。今までばかりではなくこれからもそうなのだろう。

別に今更落ち込むことはない。けれどやっぱりこうして注目を浴びるのはなんとも居心地が悪いものね、と、溜息を吐いた、そのときだった。

「あの、お嬢様」

「はい？」

突然かけられた声にそちらを見下ろせば、馬車のすぐ近くから、この町の住人である年配の女性がマリオンのことを見上げていた。いったんパラソルを閉じて「何か?」と首を傾げてみせると、ずずいっと女性がその手のバスケットを押し付けてくる。

「あ、あの……?」

「ご領主様の花嫁候補様達をご案内されているのでしょう?　こちら、皆様で召し上がってくださいませ」

「え」

反射的に受け取ってしまったバスケットの中身は、サンドイッチとキッシュだった。ぱちりと目を瞬《またた》かせると、女性は「あり合わせのもので申し訳ありません」と言い残し、そそくさと雑踏に紛れていく。

それを見送るマリオンの元に、今度はびわやりんごといった果物が山盛りになったかごが差し出された。すぐそばで青果を取り扱っている店の主である男性だ。続けて、「冷えた茶です」というセリフとともに、喫茶店で働く年若い女性が大きな水筒を。そしてさらに、古くから製菓店を営む年嵩《としかさ》の女性からまだあたたかいスコーン、鮮やかな赤色が美しいベリーのジャムが詰まったびん、それから柑橘《かんきつ》のタルトが詰まった箱を、その小柄な身体からは想像できないような強引さでささっと押し付けられる。

続いてさらに、と、次から次へと食べ物ばかりではなく行楽にぴったりの敷布や膝掛けといったものまで渡されてしまい、戸惑わずにはいられない。

なぜ皆、こんなにも色々なものをくれるのだろう。せめてお礼を言おうにも、誰もがその前にそそくさとマリオンの前から去っていってしまうのでそれも敵《かな》わない。

やがて、御者台におけるマリオンの隣が、そんな捧《ささ》げものでいっぱいになったころのこと。リヒトに腕を絡《から》ませたロクサーヌを先頭に、続いてアガタ、そして最後に、周囲にまめに挨拶《あいさつ》しているオフェリヤが、ゆっくり遅れて戻ってきた。

「お待たせしました、おひぃさま。さあ皆様、馬車にどうぞ」

「リヒトさんもこっちに一緒に乗りましょ？　私、もっとリヒトさんとお話ししたいわ」

「誠に光栄ですが、客車に乗せたい荷物がありますから。ねぇそうでしょう、おひぃさま？」

ロクサーヌがあざとく引っ張ってくる袖をやんわりと自らの元に引き寄せて、リヒトがこちらを向いた。え、ええと、と、戸惑っていると、リヒトは「それ、客車に乗せましょう」と、マリオンの隣に積み上げられたあれそれを指差してくる。

リヒトの言う通りだ。確かにこれらを御者台に置いたまま馬車を走らせるわけにはいかない。この場を離れていたリヒトがなぜこれらについて知っているのかは解らないが、とにかくロクサーヌ達と一緒に客車に乗せるべきだろう。マリオンが「え、ええ」となんとか頷きを返すと、リヒトはまず未だ名残惜《なごりお》しげにしているロクサーヌをやんわりと、しかし確実にばりっと自らから引きはがして客車に押し込んだ。

それに続いて、アガタが自ら客車に乗り込む。この馬車止めに来てもなお積極的に周囲の人々に話しかけているオフェリヤは最後だ。ちっとも客車に乗り込もうとせずに周囲にばかり気を払っている彼女の手を取ったかと思うと、優雅でありながらも有無を言わせない振る舞いでリヒトはオフェリヤを客車へと追い遣る。

そしてマリオンの隣に積み上げられたバスケットや果物などを、てきぱきと客車へと運び込むと、そのままぱたんと扉を閉めた。流れるような迷いのない彼の行動を、マリオンは唖然《あぜん》と見守ることしかできなかった。

何もなくなったマリオンの隣に代わりに腰を下ろしたリヒトは、間抜け面をさらしているマリオンににこりと笑いかける。何やら含むものを感じさせる笑みに、恐る恐る「何をしたの？」と問いかけると、彼のその笑みはより深くなった。

「皆様を案内しがてら、町の皆さんに状況を説明しただけなのですが……まさか差し入れをくださるとは。さすがストレリチアス領の生まれでいらっしゃいますね。実に《寛容》でいらっしゃる」

「またいけしゃあしゃあとよくも言えたわね」

解っていてやったでしょう、と低く彼の耳元でささやくと、「さて」とリヒトは肩を竦《すく》めた。何が『さて』なものか。この領内における自分の人気をここぞとばかりに利用して貢がせたのだろう。人の厚意につけ込むなんて、と睨《にら》み付けても、リヒトは涼しい顔である。

「『未来のご領主夫人のために』と皆さんはりきってくださったんですよ。それから」

「……何よ」

「『お嬢様にだっておいしいものを食べていただきたい』と、そう仰る方とて、お一人やお二人ではありませんでしたよ」

「!」

それは、普段は決して聞くことのできない、領民の声だった。

マリオンの脳裏に、一か月前、王都からこの地へ帰還したときのことが思い出される。あのとき、ストレリチアス邸に集まってくれた領民は、誰もがマリオンの無事を喜んでくれた。事情も知らないというのに、シラノを襲おうとした元王太子アレクセイの私設騎士団に立ち向かってくれた彼らの態度が、あれから変わったわけではない。以前と変わらず、マリオンとシラノにまつわる不運と災難を恐れている。けれど、彼らの心には確かに、自分達を認め、慕ってくれる優しさがあるのだ。

思わず周囲を見回すと、こちらの様子をこっそりと、それでいてしっかりうかがっていた人々が、なんとも気恥ずかしそうに目配せし合い、マリオンに向かって一礼してくれる。

「愛されていらっしゃいますね」

からかうようにリヒトに耳打ちされる。その間近から触れた吐息にかあっとマリオンは顔を赤らめる。そんなマリオンにくつくつと喉を鳴らしたリヒトは、マリオンの手にあった開いたままのパラソルを引き寄せる。え、とそのままパラソルを奪われてしまうマリオンは、リヒトが自分達の姿をパラソルの下に隠してしまったことに遅れて気が付いた。どうしたの、と視線で問いかけると、パラソルの影の下で、リヒトはにやりと笑みを深める。

「まあ、一番おひぃさまのことを想っているのは僕ですから。決してお忘れなきよう」

ちゅ、と、そのままかすめるようにマリオンの唇に、彼は自身の唇を寄せた。ひゃあ！　と身体を跳ねさせたマリオンはそのまま御者台から転げ落ちそうになるが、そこをひょいと引き寄せられる。危ないところだったがおかげさまで無事である。

ありがたい助けだ。だがしかしそもそもの原因はリヒトなのだ。お礼を言うべきか文句を言うべきか悩むマリオンをそのまま座り直させたリヒトは、パラソルを閉じてマリオンに押し付けると、鞭をしならせて再び馬車を走らせ始めた。

「せっかく昼食も手に入れましたし、落ち着ける場所に行きたいものですね」

「……なら展望台はどう？　領地が見渡せるし、ぴったりではなくて？」

「ああ、なるほど。人ごみも避けられますし、確かにちょうどいい」

ストレリチアス領における比較的高台とされる場所に位置する展望台は、マリオンとリヒトが評した通りの場所だ。逆を言えば、それら以外には何もない場所であるとも言える。見晴らしがよく、領地を見渡すとド田舎ながらもまあそれなりの絶景が拝める場所ではあるが、普段生活するにあたってわざわざ足を運ぶこともない場所。それがストレリチアス領の展望台である。

つまらない場所であると言われればそれまでだが、本日のような心地よい初夏の晴れた日において、そこの広場で食事を摂るのはとっておきのぜいたくだろう。ウカのことも遊ばせてあげられるし、リヒトの言う通り確かに『ちょうどいい』。

俄然《がぜん》楽しみになってきて笑みをこぼしたマリオンは、さっとパラソルをかざして季節外れの落ち葉をたっぷり乗せた突風を防いでから、リヒトに笑いかけた。

「それじゃ、リヒト。展望台へ」

「かしこまりました」

パシンッと鞭がしなり、ゆっくりとした歩みだった馬が駆け足になる。たかだか数分の距離であるというにも関わらず、展望台に向かう道中も、マリオンは何かと不運に見舞われ災難に襲われた。だが、パラソルを駆使し、ときにリヒトに庇《かば》われることでなんとかやりすごし、馬車に揺られること、わずか数分。されど数分。マリオンにとってはとても長く感じられた行程の末に、ようやく目的地へと到着する。

過去を振り返ってみると、馬車の車輪が途中で外れるという災難だって十分起こり得ただけに、今回は比較的幸運な方ね、と、今しがたパラソルをかいくぐり顔に突っ込んできた小鳥を空へと放してやりながら、マリオンは御者台から降りた。リヒトが続き、客車へと回る。

「お三方、到着しましたよ」

「リヒトさん！　会いたかったわ」

「着いたって……ここが？　何もないじゃない」

「……展望台、でしょうか？　まあ、見事な景色ですこと」

それぞれが実にそれぞれらしい反応である。マリオンはごまかすような空笑いを浮かべて、リヒトに三人を任せて、先ほど領民から捧げられたあれそれを客車から運び出した。

展望台にはやはりというかなんというか、誰もいなかった。この高台は、町から離れた場所にあるわけではない。むしろ近隣であると言うべきだ。だが、訪れるにはゆるやかながらもそれなりに長い坂道を登ってこなくてはならないので、徒歩では少々辛《つら》いものがある。それを思えば、誰もいないのも当然であると言えるのだろう。

とりあえず大きな敷布を地面に敷いて、サンドイッチやスコーン、果物などとわざわざ一緒にもらえた取り皿に分け、冷えた茶をそれぞれのカップに注ぐ。

「さ、皆さん。昼食にしましょう」

マリオンの言葉に、空腹を思い出したらしい女性陣は、特に文句を言うことなく敷布の上に腰を下ろした。

さっそくそれぞれが取り皿に手を伸ばすのを見届けてから、マリオンもまた腰を下ろして、まずはウカのためにびわの皮を剥《む》く。マリオンの膝に前足をかけて今か今かとどんぐりのような目を輝かせているウカの姿は、身内の贔屓目《ひいきめ》を抜きにしても愛らしい。ロクサーヌがリヒトに「リヒトさん、はい、あーん」とまた懲《こ》りずにアプローチしているのが気にならないわけでは決してないが、ウカのおかげで随分と心穏やかでいられる。

ウカ——つまりは忌《い》み嫌われる狐に対して、ロクサーヌは嫌うだとか恐れるだとか、それ以前に眼中になく、リヒトしか見えていない様子である。アガタはストレリチアス領に来てからようやく彼に慣れつつあるらしく、しかも今の彼女にはどうやら狐に構っている暇などないほど思い悩む点があるらしいので完全にウカのことを無視していた。オフェリヤだけが未だにびくびくと怯《おび》えた様子である。それとなくびわでウカをおびき寄せて膝の上に乗せ、オフェリヤから距離を取らせると、ようやく彼女はほっとしたようにサンドイッチを口に運んだ。

その反応にほっとしつつ、マリオンは果汁でべたべたになった手を拭《ふ》こうと、領民からの厚意の一つであるナプキンへと手を伸ばす。けれどナプキンを取り上げるよりも先に、その手がひょいっと横から持ち上げられた。

リヒトだ。え？ と瞳を瞬かせるマリオンのその濡《ぬ》れた手は、そのままリヒトの唇へと運ばれる。そして彼はそのまま、ためらうことなくぺろりとマリオンの手を舐《な》めた。

「!!」

声なき悲鳴を上げたのは、マリオンだったのか、ロクサーヌだったのか。

「甘いですね」

とても、と、微笑《ほほえ》んでマリオンに改めてナプキンを差し出してくる彼に、一体何が言えたというのだろう。とりあえずお礼を言うことなんてできるはずもなく、顔を真っ赤にしたままぐしゃぐしゃとマリオンは手を拭《ぬぐ》う。

ロクサーヌの視線がとても、なんて言葉だけでは到底及びもつかないほどに痛かった。今更睨み付けられても痛くもかゆくもないと言えるほどマリオンはこのリヒトの行動について達観できていない。

「やるわね」

「仲がよろしいのですね」

アガタが感心したように、オフェリヤが微笑ましげに頷いているが、彼女達にとってもリヒトの行動は刺激的であったらしく、二人の顔色もまたマリオンほどではないが赤い。なおロクサーヌの顔色は怒りによって赤くなっている。

「リヒトさん！」

「はい、ロクサーヌ様」

「ロキシーって呼んでって言ってるじゃない！　ほら、リヒトさん、私も……！」

わざと頬にサンドイッチのドレッシングを付けてみせるロクサーヌに、リヒトは「おや」とわざとらしく目を瞬かせ、すっと未使用のナプキンを差し出した。

「どうぞ、ロクサーヌ様」

「～～っもう！」

そうじゃなくて！　と、ロクサーヌがますます顔を真っ赤にして悔しげに歯噛《はが》みする。異変が起こったのは、そのときだった。

「――あら?」

この展望台広場の入り口に、数人……いいや、十人を軽く超える人数の男性達が、気付けば集まっていた。太陽はまだ高いところにあり、働き盛りの年のころだと思われる彼らは、本来まだ就業中であるはずではないだろうか。早めの昼休憩を取ったにしても、わざわざこの高台にある広場に、十人以上が雁首《がんくび》を揃《そろ》えてやってくる理由などないはずだ。

何か用があるのかしら、と首を傾げるマリオンの隣に座っていたリヒトが、ふいに無言で立ち上がった。彼の動きにつられてその顔を見上げたマリオンは凍り付く。リヒトが浮かべる表情が、先ほどまでの優美な笑みからはほど遠い、冷たく鋭いものになっていたからだ。

「リヒト?」

呼びかけても答えはない。むき出しの刃《やいば》を見せつけられたような気分になるこちらを庇うように、彼はそのままマリオンを背にして、男性達の視線から、ちょうどマリオンだけを隠してしまう位置に立つ。その背中から発せられる険を帯びた雰囲気にごくりと息を飲む。

「リヒト、ねえ、どうしたの? ……ウカ?」

いつにないリヒトの様子に恐る恐る問いかけるマリオンの膝から、ウカが飛び降りた。そのまま彼は低い体勢をとって彼らを睨み付けたかと思うと、そのままグルルルル、といつにない声で唸り始めた。マリオンが日々言い聞かせ続けたおかげで、ウカは、見知らぬ人々の前ではマリオンのスカートの下に隠れるのを常としている。こんな風に初対面の相手に、最初からいきなり唸りを上げるなんて初めてだった。

リヒトもウカも、まるでマリオンを守ろうとするかのようだ。見知らぬ男性達の前に立ちふさがる一人と一匹に戸惑いつつ、改めてその向こうの一団を見遣る。

「……え？」

彼らの手にあるのは、昼食が詰まったバスケットでも、飲み物で満たされた水筒でもない。包丁やナイフといった調理用具、鋤《すき》や鍬《くわ》といった農具、剣や槍《やり》といった武器——どれもこれも一貫性がないようでいて、目的は一つであると解る。たった一つで、十分殺傷能力のあるそれらを構えた彼らを前にして、解らないはずがない。反射的にマリオンがパラソルを手に取ったのを合図にしたかのように、彼らは大声を上げながら、各々の手にある武器を振り上げて、こちらに向かって走ってくる。

ロクサーヌ達が悲鳴を上げるのを聞きながら、マリオンは立ち上がって地を蹴《け》った。

「リヒト！　皆さんをお願い！」

何が何だか解らない。これも〝災厄令嬢〟が招いた不運と災難か。何が目的なのか、どういうつもりなのか、あれこれ疑問は次から次へと降って湧《わ》いてくるけれど、今はそれどころではない。彼らがこちらを害そうとしていることだけが確かな事実だ。ならばマリオンがすべきは、ロクサーヌ、アガタ、オフェリヤをリヒトに任せ、この手で男達を叩《たた》きのめし、女性陣を守り抜く、それだけである。

マリオンの手にあるのは、言うまでもなく愛用のパラソルである。今は亡き両親が、マリオンのために古くからの馴染《なじ》みであるドワーフに作ってもらった、特製のパラソルだ。中棒に刃が仕込まれたオリハルコン製のそれを片手に、マリオンはリヒトの横から飛び出した。同時にウカも、きゃん！　と勇ましく鳴いて走り出す。頼れる騎士の姿に笑みをこぼしつつ、ぎゅっとパラソルを握り直す。

「悪いけれど、手加減できなくってよ！」

何せこの場にいるのはマリオンだけではない。大切なお客人が三人もいるのだ。リヒトが彼女達のそばにいる限り滅多《めった》なことにはならないだろうが、いつまでも彼女達を怖がらせておくのだって本意ではない。さっさとこの男達を片付けて騎士団に引き渡し、気持ちよく昼食の続きに戻《もど》る。これが今のマリオンの目標である。こんな男達、刃を抜き払うまでもない！

そうと決めれば話は早い。マリオンは先頭を走ってきた大柄な男の懐《ふところ》に飛び込むが早いか、そのみぞおちにパラソルの先端を突き入れた。ぐっと身体を前方に折り曲げて倒れかかってくるその男を、パラソルをぐるんと振り回して吹っ飛ばし、後方に続いていた二人の元へプレゼントする。先頭の男の体格を受け止めるには、後方の二人は小柄である。となれば当然、揃って三人は動けなくなるはずだ。

「これでまず三人！　……って、えっ⁉」

確かな手ごたえを感じたはずだった。マリオンの予想の中では、前方の三人はそのまま地面に伏すはずだった。だがしかし、小柄な二人はおろか、先頭の男すらも体勢を立て直してさらにマリオンへと向かってくる。うそ、と動揺するマリオンは不覚にも反応が遅れてしまった。

「おひぃさま！」

「ッリヒト！」

リヒトが後方から一つ、二つ、三つと、続けざまに投げてきたのは、領民からの捧げもののりんごである。剛速球とも呼べる勢いで飛んできたそれらは、見事に男達の顔面に直撃した。りんごの助けにより、男達の足がまろぶ。そのおかげで一旦体勢を立て直すことに成功したマリオンは、振り上げられた鎌をパラソルで受け止める。すさまじい力だった。間近で見る男の瞳は血走っている。確かにこちらを睨み付けているはずなのに、なぜだかうつろな光を宿し、マリオン自身を見ていないかのようなそれだった。男に対し、なんと表現していいのか解らない空恐ろしさを感じてぞくりとする。

ぎりぎりとつばぜり合いを繰り広げる男とマリオンの横を、他の男達が駆け抜けていった。彼らの向かう先には、シラノの花嫁候補達がいる。

「リヒト！」

お願い、という気持ちを込めて、肩越しに振り返って今この場で一番頼りになる存在の名前を呼んだ。だが、しかし。

「ちょっと!?」

思わずマリオンが悲鳴混じりに叫んでしまったのも無理はない。何せリヒトが、ロクサーヌ達を守るでもなく、マリオンの方へと走ってきたからだ。彼の手が優雅に宙を滑り、その指先から金色の光がほとばしる。

金色の光は狐の姿を形作り、マリオンの目の前の男に襲いかかる。金色の光で創られた狐に翻弄《ほんろう》される男を、リヒトはそのまま長い脚で思い切り蹴り飛ばし、そのおかげでつばぜり合いから解放されたマリオンを、彼はぐいっと片腕で抱き寄せた。

「ご無事ですか、おひぃさま」

しかとマリオンを抱き留めて、リヒトは優美に微笑んだ。それはまるで、姫君の危機に駆け付けた王子様のような笑顔だ。何もかもゆだねてしまいたくなるような笑みに、マリオンの中の芯の根元がぐらりとゆらぐ感覚を覚える。

「だ、いじょ……うぶ、とか、言っている場足じゃないでしょう!」

けれどマリオンはなんとか耐えた。見惚《みと》れている場合ではない。どうやらリヒトは、ロクサーヌ達ではなく、マリオンのことを優先してくれたらしい。しかしそれに感謝している余裕なんてなかった。背後の女性陣が、絹を引き裂くような悲鳴の大合唱を歌い上げている。三人とも、それぞれ男達に今にも襲われそうになっていた。

リヒトの腕から飛び出したマリオンは、必死に走って、まずアガタを襲おうとしていた男の脳天にパラソルを振り下ろす。それでもなお諦め悪くアガタに手を伸ばす男の脇腹に回し蹴りを入れてぶっ飛ばし、そのままの勢いで地を蹴って、ロクサーヌに向かって鍬を振り上げていた男の横顔に膝蹴りを決める。

そしてなんとか男達の気を逸らそうとしているのか、自ら魔法の詠唱を始めたオフェリヤの前の男に向かって、マリオンはパラソルを振り上げた。

「私の目の前で、この方々を傷付けられるとは思わないでちょうだい！」

そのまま思い切りパラソルを振り下ろす。パラソルの腹で容赦《ようしゃ》なく顔面を張り飛ばされた男もまた、他の男達と同様に吹っ飛ばされた。その隙にロクサーヌ達を背に庇いながら、内心で「どうして」と呟く。

男達の数が減らない。自分の一撃は、自慢ではないがその辺の男など一発で沈めるに十分足るほど重いものだ。その一撃を受けてもなお、男達は痛みにうめくこともなくすぐに体勢を立て直す。彼らは誰もが一様にうつろな光を瞳に宿していた。彼らは確かにマリオン達を害そうとしているはずなのに、その瞳に害意はない。敵意もない。何一つ意思を感じさせない、底なしのうつろ。

勇ましく噛み付いたり引っ掻《か》いたりしていたウカが、彼らの様子のおかしさに怯えたように後退《あとずさ》ってきて、マリオンの足にすり寄ってくる。

――なんだって言うの⁉

ロクサーヌ達の手前、飲み込んだセリフを内心で叫ぶ。

男達が動いた。意味の汲《く》み取れない大声を上げて襲い掛かってくる彼らに、マリオンは再びパラソルを構えた。だが、マリオンよりも先に動く存在が、この場にはいる。

「おひぃさまご本人があぁ仰っているので、ならば僕の目の前では、おひぃさまに手を出せるとは思わないでいただきましょうか」

何頭もの金色の光でできた狐が宙を駆け、男達に襲い掛かる。狐達はマリオンが手を出すまでもなく、ひとしきり男達を痛め付け、それでも立ち上がろうとする彼らを、その身を長い金の縄へと変化させて縛り上げる。

「僕のおひぃさまに手を出して、楽に死ねるとは思わないでいただきましょう」

金色の縄からバチバチと電流がほとばしる。縛り上げられている男達はたまったものではなかったに違いない。そうしてそのまま完全に動けなくなった男達は、糸が切れたようにその場に全員崩れ落ちた。意識を失ってばたばたと積み重なる彼らの元にウカが恐る恐る近寄り、その前足で、ツンツンとつつく。反応はない。

今度こそほっと肩から力を抜くマリオンの背後から、ロクサーヌが飛び出した。

「リヒトさんっ！　すごい、すごいわ、あなた、魔法使いだったのね！　私のためにこんなすごい魔法……嬉しい、ありがとう！」

瑠璃色《るりいろ》の瞳をきらきらと輝かせ、リヒトにすがりつくように引っ付こうとしたロクサーヌだったが、リヒトはするりと彼女の手を逃れ、マリオンの前にひざまずく。

「おひぃさま、お怪我《けが》は？」

「見ての通りよ。それよりリヒト。あなた……」

私だけを守ろうとしたわね、と、小さく彼にだけに聞こえるように唇を動かすと、リヒトは微笑んだ。それはやはり王子様のように美しい優雅な笑みだ。いいや、〝ように〟ではなく、真実彼はマリオンにとっての〝王子様〟なのだから、その言い方は少し違うのかもしれない。

そうだとも、彼はマリオンにとっての王子様で、マリオンは彼にとってのおひぃさま――〝お姫様〟だ。だからリヒトがマリオンのことを守ろうとしてくれるのは、きっと当たり前で、とても嬉しいことで……けれど、なぜだろう。彼がマリオン〝だけ〟を守ろうとしてくれたことは、本当に正しいことなのか。正しいことであると、マリオンは断じていいのだろうか。

言葉が見つからず、ただいたずらに唇を開閉させるマリオンの、パラソルを持っていない方の手を、リヒトはうやうやしく持ち上げる。あ、と思う間もなく、その甲にうやうやしく口付けた彼は、笑みを深める。マリオンの、王子様。

「あなたがご無事で何よりです」

あなたが。あなただけが。そう聞こえた気がした。他の三人がどうなろうとも知ったことではないと、言っているように聞こえた。

その意図にまったく気付いていないらしいロクサーヌは「忠義心が厚いのね」とうっとりと

しているが、人の感情の機微に敏《さと》いらしいアガタとオフェリヤにはリヒトの副音声はしっかり聞こえていたらしい。前者は固唾《かたず》を飲んで黙りこくり、後者はそのもともと白い顔色をますます白くさせている。

マリオンは、そんな三人の反応を受けても、何も言えなかった。手の甲に口付けられた気恥ずかしさなんてなかった。そんなものよりも、ただただ冷たいものが、ひたひたと心を満たしていく。

——リヒト。

そう一言口にすることすらためらわれて立ち竦むことしかできずにいる中で、やがて馬のひづめの音の重なりがいくつも聞こえてくる。ストレリチアス領における自警騎士団だ。ストレリチアス家ではなく、『ストレリチアス領』そのものの安寧《あんねい》を守るために存在する多種族混合の騎士団が、どうやら騒ぎを聞きつけてやってきたらしい。

リヒトが立ち上がり、その対応を始めても、それでもマリオンは、何も言えないままでいるのだった。

＊＊＊

ここはストレリチアス邸の中庭に面したテラスである。すべて均等な濃さになるように、それぞれのティーカップに紅茶を注ぎ入れる。均等な濃さも何も、既にすっかり出がらしになっている茶葉から淹《い》れる紅茶はもうほとんどただの色水なのだが、このくらいならばまだまだいける、とマリオンは構うことなく自らの分とシラノの分、そしてリヒトの分を用意した。

ついでにこの地方では珍しいナッツを使った焼き菓子をソーサーに添えて、それを膝の上の子虎のブラッシングにいそしむ叔父の元へと押し遣った。疲れのにじむ叔父の姿に、ぐっと胸が詰まる思いがした。

「どうぞ、叔父様」

「ああ、ありがとう。珍しい菓子だね」

「ええ、先日町に出た際の頂き物です」

「なるほど。ありがたくいただこう。と、その前に」

解るね？　と目配せされ、マリオンは姿勢を正して頷いた。隣に腰かけているリヒトの方にもティーカップを寄せるが、視線はシラノへと向けたままだ。

これはストレリチアス家恒例のお茶会である。この時間だけは、花嫁候補の三人にも遠慮してもらい、家族だけのものとしている。

普段の話題は大抵《たいてい》が、やれ今日はこんな不運に見舞われた、やれそんな災難に襲われた、などといったとりとめもないものなのだが、本日はわけが違う。先日、マリオンが発案した、シラノの花嫁候補達にストレリチアス領を案内するという行楽。その際において、展望台広場にて見ず知らずの輩《やから》達に襲われた件の顛末《てんまつ》について話し合うという、立派な本題があった。

「騎士団から改めて報告を受けたよ。襲撃者達は皆、我が領内の住民らしいね」

子虎をブラッシングする手を休めずにシラノが口にした言葉に、マリオンは「やはりですか」と頷きを返した。

リヒトの手引きにより騎士団預かりとなった襲撃者達。彼らへの尋問についての答えの報告を受けたシラノの表情は、いつになく険しく難しいものだった。それも当然だろう。領主一族、つまりはストレリチアス家に似て、この領地における住民は皆温厚かつ鷹揚《おうよう》、そして寛容であるとはレジナ・チェリ国において有名な逸話《いつわ》だ。そんな土地の住民が、あんな風に凶悪極まりない様相で襲ってくるなどとは只事《ただごと》ではない。

マリオンとて、もちろんストレリチアス領の住民すべてを把握しているわけではないが、先日のあの一団の服装は、一個の集団としての野盗や賊のようには思えなかった。それぞれが何の『共通点』もなかったように思える。あえて言うなれば、着の身着のまま、たまたまその場にあった武器となりそうなものを持ち寄って襲ってきたという、そんな『共通点がない』というところが『共通点』であるとでもいうのだろうか。

なんとも違和感がある奇妙な共通点に、つい眉間にしわを寄せると、足元でミルクを舐めていたウカが気遣わしげにこちらを見上げてくる。大丈夫よ、という気持ちを込めてその頭を撫でてやると、彼はほっとしたようにまなじりを緩めて、また一心不乱にミルクを舐めだした。

微笑ましい姿に癒されつつ再びシラノの方へと視線を向ける。彼もまた、ここ最近の疲れを膝の上の子虎のふかふかのぬくもりによって癒されたいらしく、ブラシを手櫛《てぐし》へと代えて、もしゃもしゃと彼女の背をくすぐっている。

つい先ほどまで疲れを堪《こら》えてそれらしく引き締められていたシラノの顔がへにゃりと崩れるのをしっかりマリオンは見届けた。姪にそんな顔を見られてしまったことに気付いたシラノは、気を取り直すようにゴホンと咳払《せきばら》いをして、指を二本、ぴっとマリオンとリヒトの前で立ててみせる。

「騎士団による尋問の末に新たに出てきた彼らの共通点らしい共通点は、二つ。一つは領内──それも皆、先日お前達が立ち寄った町の住人であるということ。そしてもう一つは、彼らにはお前達を襲ったのだという自覚が一切ないことだそうだ」

「え？」

思わず声を上げてしまった。隣に座っているリヒトの整った眉がぴくりと動き、その優美なかんばせが険しくなる。その変化に気付きつつも、マリオンは首を傾げずにはいられなかった。

シラノの言う共通点における、前者の意味は解る。彼らがあの町の住人であるということは、ある程度は予想していたことだった。だからこそ、騎士団に引っ立てられていく彼らを目にした町の住人達が、驚きをあらわにして彼らのことを見送っていたのだろう。

問題なのは後者だ。

「私達を襲った自覚がないなんて、どういうことですか？」

「言葉の通りだよ。なんでも皆、『覚えていない』や、『身に覚えがない』の一点張りの者ばかりらしくてね。お前達を襲った記憶そのものがないそうなんだ。よくておぼろげに覚えていたとしても『どうしてあんなことをしたのかさっぱり解らない』んだとか。自分達がなぜ騎士団に囚《とら》われているのかも理解できていないらしい」

「そんな……」

それは一体どういうことなのだろう。首をひねるばかりのマリオンに、シラノもまた「困ったことだね」と溜息を吐く。

ただでさえ花嫁候補達……というか、主に未だに諦めないオフェリヤに迫られて頭を悩ませる毎日に参っているというのに、この上さらに理由の解らない襲撃事件だなどと、シラノの心労は尽きないらしい。これがもういっそのこと、いつものどうしようもない不運や災難であったならばよかったのかもしれないとすら思えてくる。

だがしかし、今目の前に立ちはだかっているのは不運でも災難でもない、れっきとした人災だ。ストレリチアス領の領主として、シラノは立ち向かわなくてはならない。そしてマリオンも、その力添えにならなくてはならないのだ。

「覚えていないなんて、言い訳にするにはお粗末すぎますよね」

「そうだね。騎士団員の目から見ても、嘘《うそ》を言っているようには見えないらしい」

「う～ん……」

「悩ましいねぇ……」

首をひねり合う姪と叔父の姿に、子虎がつまらなそうに大きなあくびをし、足元では子狐が二人の仕草を真似して小首を傾げる。万事休す、とするにはあまりにも結論を急ぎすぎている気がしてならないが、こうして考えてみても答えが出る気がしない。

「どうしたものかしら……リヒト？　どうしたの？」

先ほどからすっかり難しい表情をして一言も発さない隣の席の青年に問いかける。マリオンやシラノには解らなくても、彼になら解ることがあるのかもしれない。

そんな期待を込めて見つめると、「確定ではありませんが」と言い置いて、彼はその続きの言葉を紡ぎ始める。

「臭かったんですよね」

どうにもこうにも、と、吐き捨てるようにして言われた言葉に目を瞬く。シラノもまたリヒトの言葉の意味を測りかねているのか、戸惑ったように瞳を揺らした。そんなマリオンとシラノに対して、リヒトは濃金の瞳を眇める。

「本当にほんのわずかで些細《ささい》なものではありましたが、魔力を感じました。鼻持ちならない、甘ったるいだけで気色が悪いばかりの」

リヒトの言うその魔力の臭いは、よほど彼にとっては不快なものであったらしい。思い出すのも嫌なのか、マリオンや、特にシラノの前では常に心掛けているらしいいつもの優美な笑みなどかき消して、忌々《いまいま》しげにリヒトは、今度こそ本当に吐き捨てた。

「それは、襲撃者達が何らかの魔力の影響を受けていたということかい？」

「そこまでとは。断定はできません」

「あなたでも確定できないの？　その魔力の……魔法の使い手は、そんなにも腕が達者であるということ？」

シラノの問いかけにかぶりを振るリヒトに、マリオンは思わず重ねて問いかけた。リヒトの正体、すなわち、《七人の罪源》の一角たる《強欲》の魔法使い、リチェルカーレ＝マモン＝グロキシニアスにすら気取らせない魔法だなんて、相手はよほどの手練《てだ》れであるということか。

そんな敵を相手取らなくてはならないかもしれないだなんて考えるだけでも恐ろしい。魔法というものの恐ろしさは、一か月前の事件にて、リヒト本人からや、今はここにはいないアーリエやカプリツィアから、十分すぎるほど思い知らされている。あんなやりとりがこのストレリチアス領でも繰り広げられるかもしれないと思うと、ついぶるりと身体が震えた。

心を落ち着かせるために、足元のウカの頭を撫でようと手を差し伸べる。けれどその手は、ふかふかつやつやの毛並みに触れるよりも先に、隣の青年にぎゅっと握り締められた。

「ここは小僧っ子ではなく、僕のことを頼ってほしいところなんですがね」

むすっと不満そうに睨み付けられた。シラノの手前強く反論もできず、顔を赤らめるばかりのこちらの反応をいいことに、リヒトは空いている方の手で、ぱちんとマリオンの額《ひたい》をはじいた。その衝撃に驚いていると、リヒトはいかにも不服そうに続ける。

「僕でも確定できないほど相手が格上というわけではないでしょうね。むしろ逆です」

「と、言うと？　どういうことだい、リヒト」

「はい、旦那様。魔法――魔力を察し、感知するのは、意外と難しいんですよ。ああ、難しい、というよりは、そうですね。難しい以前の問題というか……」

何と言ったらいいんでしょうか、と、リヒトはマリオンの手を握り、その指に自らの指を絡ませて引き寄せしっかり握り込む。マリオンがますます顔を赤くしてなんとか手を引き戻そうとしていることに気付いていないはずがないというのに、彼は知らん顔でシラノの方を見つめたままだ。シラノは気まずさと気恥ずかしさが入り混じった表情でリヒトとマリオンの顔を見比べるが、そのせいで手元がおろそかになったことを子虎に鼻先でつつかれて気付き、慌《あわ》てて表情を取り繕《つくろ》う。

続きを、と、真面目《まじめ》ぶった顔で、使用人であり魔法使いである青年に促《うなが》すと、彼は頷いた。

「魔法使いは基本的に皆、総じて個人主義です。それは性格が、という意味もありますが、それ以上に、魔法使いとしての在り方が、と言うべきでしょう。自分とそれ以外としか考えない魔法使いにとって、その辺の有象無象《うぞうむぞう》なんてわざわざ意識する意味はないんです。僕ほどの魔法使い、つまりは《罪源》ほどの魔力の持ち主相手であればさすがに否《いや》が応でも誰もが認識させられますが、それでも魔力を行使しているとき以外は〝難しい〟ものですし、となれば余計に、そうでもない格下相手なんて、魔法使いは普通は気にしません。意識しないものに意味はない。意味を持ち意識すること、それが魔法使いにとっての名前であり、相手を意識して名前を呼ぶことで、支配することにも繋がります。だからこそ僕らには霊名と呼ばれる名前があるんですが、まあこれは余談ですね」

さらさらと流れる清水のような説明に、シラノが感心したようにうんうんと何度も頷く。最近の忙しさによりお手入れがおろそかになっているらしい彼の撫でつけられた前髪がはらりと落ちた。マリオンは、リヒトの口から出てきた『名前』という一言にぎくりと身体を強張らせた。けれどリヒトがそれに気付くことはない。

手を繋いでいるのに、と、そう責めるのも、あるいは安堵するのも、どちらも正しくて、同時にどちらも間違っている気もして、マリオンは小さく唇を噛み締める。

「僕にとって、当世の魔法使いなんて、せいぜい羽虫程度です。羽虫の羽ばたきをいちいち気にすることなんてないでしょう？」

「……今回の主犯かもしれない存在がいるかもしれないけれど、あなたはその存在について、認知してはいないということね？」

「つまりはそういうことです」

リヒトは優美に微笑んだ。がくっとマリオンとシラノは一斉にこうべを垂れる。四の五の説明してくれたが、ようは「格下なんざ知ったことじゃねェな」とリヒトは言っているようなものだ。それは今後何かが起こったとしても、完璧に対処できるという自信の表れでもあるのだろう。だが、きっとそれは。

──私と、叔父様が危険にさらされた場合だけだわ。

傲慢《ごうまん》かもしれない。自意識過剰かもしれない。けれど、そう思わずにはいられなかった。

リヒトはきっと、シラノの花嫁候補の誰が襲われたとしても、決して動くことはないだろう。マリオンやシラノが巻き込まれた場合は別だろうが、その場合でも彼は、マリオンやシラノを優先し、花嫁候補達のことなんて放っておいてしまうに違いない。先達《せんだつ》ての襲撃事件が、そうであったように。

そう考えるとぞっとするものが背筋を流れ落ちていく。この手を握ってくれている青年の手は、マリオンのことを確かに守ってくれる手ではあるけれど、同時に、他の一切を手放してしまえる手でもあるのだ。

「…………」

「おひぃさま？」

「つな、んでもないわ」

なんでもないようには決して見えなかっただろうが、それでもごまかさずにはいられなかった。リヒトの整った眉がひそめられる。じぃとそのまま見下ろされても、マリオンは目を逸らすことしかできない。

なんとも言い難い不穏な空気がこの場を満たす。自然と沈黙を選ぶことになってしまったマリオンと、そんなマリオンから目を離さずに言葉の続きを待つリヒト。いつまでもその沈黙が続くかに思われたが、やがて、その二人を見守るばかりだったシラノが、「さて」と口火を切った。どうやら沈黙に耐え切れなかったらしい。

「とりあえず、今回の件については、引き続き騎士団からの報告を待とう。今日はひとまずはお茶を楽しもうじゃないか」

実は私もね、とシラノは子虎の額をひと撫でして、彼がもともと足元に置いておいたらしい小さなバスケットを持ち上げる。

「久々にフィナンシエを焼いたんだ。ほら、もったいないからと取っておいたバターがあっただろう」

「あ、ああ、あの、そろそろ賞味期限がまずいことになっていた……」

「そう、それだ。惜しみすぎて食べられなくなっていたからね。この際ぜいたくに使わせてもらったよ」

「まあ、嬉しい！」

シラノ手製のフィナンシエなんて、随分と久しぶりだ。リヒトの手が緩んだ隙を突いて奪われていた自らの手を胸の前に引き寄せたマリオンは、うきうきとシラノの手からバスケットを受け取った。

「さっそくいただきましょう。はい、リヒト。さ、叔父様も」

てきぱきとそれぞれの小皿にフィナンシェを取り分ける。バターの甘い匂いが鼻孔《びこう》をくすぐり、そのぜいたくさにうっとりと目を細める。

見るからにご機嫌になったマリオンの姿に、リヒトがフンと鼻を鳴らして不機嫌そうに顔を背《そむ》け、シラノは苦笑しつつも取り分けられたフィナンシェを手に取る。

「ほら、ベル。お前も食べてくれるかい？」

今回は自信作なのだと付け足して、一口大にちぎった甘いかけらを、シラノは子虎の口元へと運ぶ。しかし、いつもであればご機嫌にシラノの手からあれやこれやを食べる子虎の様子が、なんだかおかしい。

笑みを浮かべつつも疲れをにじませるシラノを労《いた》わるように、その手にすり、と頭をすり寄せたかと思うと、鼻先でつんつんとフィナンシェのかけらをつつき、続けてシラノの顔を見上げる。

——お前が食べろ。

まるで、そう言っているかのようだった。あら、とマリオンがフィナンシェを食べようとする手を止めてその様子を見守る中、ぱちりとシラノの瞳が瞬く。

「いいんだよ、ベル。心配しなくても、私の分はちゃんとあるのだから」

――いいから、食え。疲れているのだろう。

子虎の表情は何も変わらないが、なぜだか言葉にするよりもよほど雄弁に、彼女はそう語っているように見えた。シラノの表情から疲れが消え、満面の笑みへと変わる。彼は、ベルと自ら名付けた子虎を大切そうに撫で、そして嬉しそうににっこりと笑みを深めた。

「ありがとう、ベル」

ぱくり、と、ちぎったかけらを口に運び、シラノはゆっくりとそれを咀嚼《そしゃく》する。ごくりと飲み込んだ彼は、相好《そうごう》を崩して子虎をもう一度撫でた。グルル、と、満足げに子虎も喉を鳴らす。

微笑ましい光景に、マリオンも思わず笑みをこぼした。

――――そのときだった。

前触れなどない、突然のことだった。シラノの膝の上で再び丸くなろうとした子虎の身体が、深い青の光に包み込まれる。まばゆくも目を射ることはない、深い深い、海の底から空を見上げたかのような、美しい光だ。

驚きに腰を浮かしたマリオンだったが、足元のウカをすくい上げるよりも先に、隣のリヒトに問答無用で引き寄せられてしまう。

「リ、リヒト⁉　っ叔父様‼」

「まさか、こんなことでかよ」

「……え？」

マリオンを庇うように抱き締めるリヒトが忌々しげに呟いた、そのセリフ。

意味が解らず戸惑うマリオンの視線の先、シラノの膝の上で、子虎の姿が青い光の元にほどけて、一人の女性の姿を新たに形作る。


「――ベル？」


シラノの呆然《ぼうぜん》とした声が響き渡る。ああ、と、知らない女性の声が頷きを返す。凛《りん》と澄んだ、芯を感じさせる声。

「ああ、旦那様。自分だよ」

彼の膝の上で微笑む女性は、青をまとっていた。一目でマリオンがうらやまずにはいられないような、綺麗なまっすぐな髪を肩よりも上の位置で切り揃え、その身の女性らしいラインを見事に浮き彫りにするタイトな男性物の礼服を身にまとった、凛々《りり》しい顔立ちの美女。年の頃は二十代後半かと思われる、まさに男装の麗人とでも呼ぶべき美女は、シラノの膝の上で、彼に寄り添い、艶《あで》やかな笑みを浮かべている。

「自分の封印を解いてくれる存在がいるならば、旦那様。あなたがいいといつしか思うようになってはいたが……まさか、本当に解いてくださるとはな」

ありがとう、と、青の美女が笑みを深める。その存在に呆然と目を奪われていたらしいシラノの顔色が、一気に赤くなる。

リヒトの腕の中でその様子をこれまた呆然と見つめていると、青の美女の視線が、ようやくこちらを向いた。いいや、こちら、ではない。正確には彼女は、マリオンではなく、リヒトの方を見つめていた。

「久しいな、マモン」

「あァ、そうだな。てめえは相変わらずのようだなァ、ベルゼブブ」

「お前は変わったようだ。まさかこうして生きてまた相まみえるとは……はは、しかもよりにもよって《寛容》の元でか。まったく運命とは……」

解らないものだ。青の美女——リヒトに《暴食《ベルゼブブ》》と呼ばれた彼女は、そう続けるはずだったのかもしれない。けれどそれは音にすらならずに、彼女の凛々しく整ったかんばせにおいてひときわ美しい、深い青の瞳が閉ざされる。

そのまま彼女の身体から力が抜け、慌ててシラノが腕を回してそのしなやかな肢体《したい》を支える。

リヒトの腕から抜け出したマリオンもまた同様に慌てて彼と彼女の元に駆け寄る。

「お、叔父様！　その方は……っ」

「——ベル、だろう。ベル、ベル、しっかりするんだ。目を覚ましておくれ、ベル」

鷹揚と構えることをよしとする叔父が、いつになく焦《あせ》った様子で腕の中の青の美女に呼びかけるが、反応はない。まさか、とマリオンが青ざめると、その隣に再び回り込んだリヒトが

「心配はいりませんよ」とさらりと言い放った。

「寝ているだけです。封印からの解放の余波でしょう。しばらく寝かせて、ほどほどに飯を食わせてやればすぐ元気になるでしょうが……どうしますか？」

「ど、どうって」

何やら不穏なものを感じさせる言い回しにマリオンがリヒトの袖を引くが、彼の濃金の瞳は、腕の中の青の美女を見下ろすシラノへと向けられたままだ。

「旦那様。こいつはお察しの通り、《罪源》の一角です。最後に残された聖爵たるあなたには、こいつに対する責任がございましょう。今のあなたでしたら、再びこいつを封印することもできます。そのための力添えをご希望ですか？」

でしたら喜んで、と、ストレリチアス家唯一の使用人たる青年は一礼してみせた。

そのときごくりと息を飲んだのは、マリオンだったのか、それともシラノだったのか。きゅうん、と、マリオンの足元にすり寄ってきたウカが鳴く。どうするの？　とリヒトに続いて問いかけてくるかのようなその声に、はっとシラノは息を飲み、そして、ベルゼブブと呼ばれた意識のない美女をそのまま抱き上げて立ち上がる。

「客人として、彼女を迎え入れよう」

「よろしいので？」

「ああ。彼女は、ベルは、私の大切なひとだ」

「……かしこまりました」

　ストレリチアス家の当主としての威厳を身にまとってシラノが言い放った言葉に、リヒトは一瞬何かを言いかけたようだったが、そのまなざしをちらりとマリオンに向けたかと思うと、再び粛々《しゅくしゅく》と一礼してみせた。

　リヒトからの一瞥にまたぎくりとしたマリオンだったが、それよりも叔父と、その腕の中の存在のことが気にかかり、「叔父様」と呼びかける。シラノはいつもと同じ穏やかな笑みを浮かべて頷きを返してくれた。

「大丈夫だ、マリオン。客室までベルを運ぶから、部屋の準備を任せられるかな」

「っはい！」

　叔父と姪として、そしてストレリチアス家領主と令嬢として、二人は頷き合い、マリオンは一足先に、最もこのテラスから近い位置にある客室へと足を急がせた。

　トトッと足元をウカが一緒に走ってくれる。肩越しに振り返ると、シラノが美女を起こさないように専念しながらゆっくりと後をついてくるのが目に映った。そして、そのすぐそばに控える、リヒトの姿も。

　リヒトがいるならばシラノは大丈夫だろう。そう結論付けて、目的の客室に飛び込む。先達て大挙して押し寄せてきて、そのまま一気に引き返していった花嫁候補達の一人が使っていた部屋だ。片付けたばかりなのでちょうどいい。窓を開け放し、風に乗って飛び込んできたごみをそのままごみ箱に投げ入れ、軽くベッドを整えて、「こちらをどうぞ！」と扉から廊下へ顔を出して叫ぶ。

相変わらずゆっくりとした足取りながらも、シラノが頷きを返してくれた。そして彼はマリオンに続いて客室に入ってきたかと思うと、ベッドの上にそうっと丁寧に、腕の中の美女を横たえさせた。ほうとようやく安堵したようにシラノが息を吐く。

「とりあえず、リヒト。私に何かできることはあるかな？」

「そこまで旦那様がしてやるような相手じゃな……失礼。出すぎた発言でした」

失礼、と言いつつ、まったくそう思ってはいないのが丸解りな発言である。困ったように苦笑するシラノのことを、リヒトは、らしくもなく例のマリオンにはよく見せてくれるあの〝変〟な表情で見つめた後、深々と溜息を吐いた。

くそ、と彼は小さく吐き捨て、実に面倒そうに肩を竦めてみせる。

「この女が寝ているのは、先ほども言った通り、ただの封印からの解放の余波、つまり平たく言えば、疲れているだけのようなものです。どうしても何かしてやりたいと仰るならば、《暴食》らしく飯の準備でも……」

「――《暴食》とは聞こえが悪い。《美食》と呼べと、何度言わせるんだ、小僧？」

「ツベル！」

「ああ、旦那様」

リヒトの言葉を打ち切るようにして部屋に響き渡った、凛とした声。

ぎょっと目を見開いたマリオンが涼やかなその声の方を見下ろすと、深い青の瞳が、ベッドに対して身を乗り出すシラノのことを見上げていた。ベル、とシラノが呼ぶ声にくすぐったそうに笑った彼女は、ゆっくりと上半身を起こす。

シラノがその背をさっと支えると、また笑みを深めた彼女は、ぐるりと部屋を見回し、そしてシラノへとまっすぐ視線を向けた。

「自分は、セヴェリータ＝ベルゼブブ＝ルピナス」

何一つ隠すものなどない、嘘偽りもない、真摯《しんし》な名乗りだった。その名前を、マリオンは、そして、シラノもまた知っている。聖爵家と王家に代々伝わる禁忌《きんき》の響き。ベルゼブブ。その意は暴食。かつてレジナ・チェリ国を震撼《しんかん》させた、《七人の罪源》が一角の名前だ。

知らず知らずのうちにごくりと息を飲むマリオンを背に庇い、リヒトが笑みを消して鋭く青の美女――もとい、セヴェリータを睨み付ける。

セヴェリータは涼しく微笑んだままだ。シラノが困ったようにリヒトとセヴェリータの美貌を見比べているが、彼には彼なりの想いがあるらしく、セヴェリータのそばから離れようとはしない。それがリヒトにも解るらしく、彼は再び深く溜息を吐いて、「見ての通り、聞いての通りです」と続けた。

「旦那様が今回はやらかしてくださいましたね」

「や、やらかしてって」

そんな言い方……とマリオンが恐る恐る口を挟もうとするが、リヒトは「やらかしはやらかしてです」と譲ってはくれない。シラノと、彼が支えるセヴェリータをそれぞれ一瞥し、最後にマリオンの顔をじっと見つめたリヒトは、疲れたように目を伏せ、眉間を押さえた。

「《暴食》に対応する聖爵家の美徳たる《節制》のアザレアス家の血を汲む旦那様と、ベルゼブブの間における、ほどこしのやりとり――あれです、フィナンシェ。あれがまずかった」

「あ、あれ!?」

「おや、あれでベルの封印が解けたということかい？」

「そういうことです」

なるほど、と頷くシラノに、リヒトは遠い目をして頷きを返した。その袖を引いて、マリオンはちょっと、と悲鳴混じりに問いかける。

「あれだけで封印って解けるものなの!?」

「実際に解けているではありませんか」

見ての通り、聞いての通り。そう言ったでしょう。先ほどと同じセリフを繰り返して目配せしてくる青年に、マリオンは頭を抱えた。けれどそんなこちらの反応なんてちっとも気にしていないのか、セヴェリータは自身に向けられる視線の一切を無視して、自らを支えてくれているシラノの手に、自身の白い手を重ねた。

「と、いうわけだ、旦那様。あなたはこの自分――《暴食》のセヴェリータを再び封印するに足る魔力を取り戻していらっしゃる。どうなさるおつもりか？」

試すような口ぶりだった。返答如何《いかん》によってはなんでもしてやるとでも言っているかのような、けれどもう答えなんて解り切っているとでも言っているかのような。同じ女だからこそ解るそのずるさにマリオンが思わず口を挟もうとすると、その口をサッと横からリヒトに押さえられる。

何するのよ、と視線で文句を訴えると、彼は肩を竦めた。黙って見ていろ、ということらしい。逆らい難い何かを感じて沈黙を選んだマリオンの視線の先で、シラノがセヴェリータの手を握り込んだ。ベル、と、その唇が震える。

「君は――〝ベル〟は、私にとって必要で、大切な存在だ。君の望まないことを、私はしたくない」

「自分が、旦那様にになら封印されていいと言っても？」

「君が本当にそれを望んでくれるならばやぶさかではないが……違うのだろう？」

君の望みは、と、シラノが続けると、セヴェリータはその凛々しい美貌を、花のようにほころばせた。同性であるマリオンすら見惚れずにはいられない、初々《ういうい》しい乙女の笑みだ。

「ああ、旦那様。自分はこのまま、あなたのそばにいたい。これからも、末永く」

だからよろしく、旦那様。そう言って、ちょいと背を伸ばして、彼女はシラノの頬に口付けた。シラノの顔色が一気に赤くなる。

あ、う、と、要領を得ない言葉を発するばかりになってしまったシラノに、セヴェリータが楽しそうに、そして嬉しそうに笑う。

一体自分は何を見せつけられているのだろう。

そうマリオンは心底不思議になったが、よくよく考えてみれば。

——わ、私もおんなじことを今までしてたってこと⁉

脳裏によみがえるのは、今日までのリヒトとのやりとりだ。シラノにつられて顔を赤くしてリヒトを見上げると、彼もまたこちらを見下ろしていた。にこり、と、まぶしく微笑み返されて、マリオンはバッと勢いよく顔を背ける。見るのではなかった、と後悔しても遅い。後悔とは後で悔いるからこそ後悔なのだ。

「僕らも見せつけてさしあげましょうね」

「何言ってるの！」

駄目押しのように耳打ちされたセリフに、マリオンはますます顔を真っ赤にして悲鳴じみた声を上げる。くつくつと楽しそうに喉で笑うリヒトが、なんとも子憎たらしくてならなかった。

＊＊＊

そういうわけで、ストレリチアス家に、新たな住人が一人増えることとなった。《暴食》の魔法使いの復活について、当然シラノは王家に対し報告書をしたためたのだという。そして同時に、かつてない強引さで、彼女のことをストレリチアス領預かりにすると王家に認めさせたのだとか。それをリヒトから聞かされたとき、「叔父様も殿方だったのね」とマリオンは何やら感動してしまったものである。

以来そのまま、封印から解き放たれたことによる身体への負担に悩ませられているセヴェリータは、シラノに甲斐甲斐《かいがい》しく世話をされることとなった。

今日も今日とてシラノは、やはり甲斐甲斐しくセヴェリータの世話を焼く。

「叔父様、ベルゼブブさんのお食事、やっぱり私が作りましてよ」

「いや、いいんだ。私がやりたくてやっていることなのだからね。なんだか放っておけないんだ」

「そうですか？　そういうことでしたら構わないのですけれど……」

お菓子作りは比較的得意でも、普段の食事までには手が回らないシラノは、それでもおぼつかない手つきで野菜を切り分け、身体に優しいスープを作り上げ、いそいそとワゴンを押して厨房《ちゅうぼう》を後にした。どことなく浮かれた足取りの後ろ姿に、途中で転ばないでくださいね、と呼びかけて、マリオンは苦笑する。

——彼女のお世話はそれとして、ご自分のご結婚相手について考えるべきでは？

何度そう問いかけようと思ったことか。けれど最近すっかり落ち込んでばかり、疲れ切ってばかり、悩んでばかり、という三重苦に苦しめられていたシラノが、あまりに嬉しそうなものだから、そんな問いかけなんてできるはずもなかった。そもそも、と、続けてマリオンは思う。

——ご結婚相手なんて、もう決まったようなものかしら。

客室で二人きり、仲睦《むつ》まじく食事を摂るシラノとセヴェリータの姿を見てしまったら、きっと誰もが皆同じことを思うに違いない。アーリエのセリフではないが、とうとうシラノにも春が来たということだ。少しだけ寂しいけれど、それ以上に喜ばしいと思える自分が嬉しい。

ついつい鼻歌を歌いながら、本日の夕食のためにニンジンの皮を剝く。「あの」という声がかけられたのは、そのときだった。

「あの、お嬢様」

オフェリヤだ。厨房の出入り口に立ち、その両手を胸の前で組み合わせ、落ち着かないように指を折ったり伸ばしたりしている彼女のかんばせは、いつになく白い。ベルという子虎が消え、セヴェリータと名乗る女性がこの屋敷に現れて以来、オフェリヤはいつもそんな顔色で、焦りをにじませた様子ばかりだ。

その気持ちが解らないはずもないマリオンは、「あの、ご領主様は？」と問いかけてくる彼女に、いよいよ覚悟を決めた。今日までだましだまし流してきたが、そろそろそれも限界だ。

「叔父様なら、先ほど客室に」

「……ああ、あの、先日いらした女性の？」

「…………はい」

　オフェリヤのもともと白い指先が、ますます白くなるほど、きつくその手が握り締められる。

ぎゅうと手を震わせて、彼女はちらりとシラノが先ほど消えた方向を見遣った。

「なんですの、あの方は。いきなり現れたかと思ったら、ご領主様にご迷惑ばかりおかけして
……！」

　握り締めた手に負けず劣らず、オフェリヤは声を震わせる。マリオンとて、他人の恋路に口を挟むような野暮な真似はしたくはない。とはいえまさかセヴェリータの正体まで含めたすべてを話すことなどできるわけもなく、「ええと」と視線をさまよわせた。

「あの方は、その……」

「なんですの？　はっきり仰ってくださいませ」

「ええと、あの、あ、新しい花嫁候補、みたい、な……？」

　実際はそんな予定はほぼないのだが、あの二人の様子を見ているとこの言葉が一番しっくりくる気がした。だが、それは悪手であったかもしれない。オフェリヤが「なんですって!?」と葡萄色《ぶどういろ》の瞳を見開き、そんな、と唇をわななかせたかと思うと、そのままふらふらと厨房を出

ていってしまった。

追いすがろうにもうまいフォローが思い浮かばず、マリオンは見送ることしかできなかった。

「これこそまさに無粋な真似じゃない……」

馬に蹴られて死んでしまうかも、と、自分以外に誰もいなくなったはずの厨房で溜息を吐く。

そう、自分以外には誰も、と、確かにそのはずだった。の、だが。

「馬と鹿がどうかなさいましたか？」

「きゃっ⁉」

ひょっこりと出入り口から顔を出してきたリヒトに、身体をびくつかせる。手に持ったままになっていた包丁で危うく手を切りそうになったが、なんとか堪えた。

危ないじゃない。誰も鹿なんて言っていないわ。さりげなく馬鹿って言ってるけどそれどういう意味？　そんな気持ちを込めてリヒトのことを睨み付けると、彼はにこりと微笑んで、軽くマリオンの視線をいなしてすたすたとこちらに歩み寄ってくる。

「ウィステリアータのご令嬢とすれ違いましたが。彼女、随分消沈してらしたようですが、もしやその件で？」

「……ええ」

「なんだ。ならば放っておけばよろしいでしょう」

あまりにもリヒトがさっくりと言い切るものだから、マリオンは逆に言葉に詰まってしまった。そんな言い方はないのではないだろうか。オフェリヤになんて一切興味などないとはっきりと断じるような言いぶりは、下手《へた》に罵倒《ばとう》するよりももっとずっと冷たくて、よっぽど残酷であるように思えた。

ああそうだ。今ばかりではない。先達ての展望台広場における襲撃事件だってそうだった。

「ねえ、リヒト」

「はい」

「レミエル様は……ううん、レミエル様だけじゃなくて、ロクサーヌ様も、アガタ様も、大切なお客様なのよ？」

マリオンのことを気にかけてくれるのは、ありがたいし、正直なところ、素直にとても嬉しい。けれど、それだけでは駄目なのではないだろうか。リヒトにとっても大切な客人であるはずの彼女達に、もう少し心を砕いたって何も罰は当たらないはずだ。

ねえそうでしょう、と、自分でも驚くほど切実な願いを込めてリヒトを見上げる。けれど、噛み合った視線の先にある彼の濃金の瞳には、マリオンが望む光はない。そこに宿るのは、氷よりも冷たい光だ。思わず息を飲むマリオンを見下ろすリヒトの瞳は、マリオンの知らないところで、マリオンのことを責め、そしてなじっていたのだ。

「──客なんざ、知ったこっちゃねェんだよ」

「へ、あっ？」

包丁を奪われ、空になった手を掴《つか》まれる。有無を言わせない力に引き寄せられて足をまろばせたマリオンを抱き留めて、リヒトは自らが掴むマリオンの手のひらに、そのまま唇を押し付けてくる。

「リ、リヒトッ!?」

手のひらへの口付け。それは、懇願を意味するものだ。

熱い吐息が手のひらに吹きかかる。どきん、と大きく跳ねる心臓の音、そのうるささに立ち竦むマリオンの手を唇に押し当てたまま、リヒトは先ほどまでの冷たい光とは異なる、胸が締め付けられるような切なる光を瞳に宿して、その唇を動かす。

「俺には――僕には、あなただけです。あなただけなんです」

その吐息が、その感触が、熱くて熱くて仕方なくて、火傷《やけど》してしまいそうだった。

――私だけ、って。

あなただけ。あなた以外には、誰もいらない。そう聞こえた。

その響きは、どうしてだろう。とても嬉しいはずなのに、嬉しく思うべきであるはずなのに、どうしてこんなにも寂しくてならないのだろう。

自分でも理解できない感覚に、マリオンは、先ほどまでとは違う意味で、呆然と立ち竦むのだった。

第3章　希望と野望を胸にして

ぶちっ。ぶちっ。ぶちぶちぶちっ。初夏の日差しのもと、中庭の畑の雑草は今日もとても元気である。それを軍手を付けた手でむしり取る。

マリオンは草むしりが嫌いではない。いくらド貧乏であるとはいえれっきとした貴族の令嬢のくせに、と言われるかもしれないが、草むしりのような単純作業は、心を無にするにはぴったりだ。最近のどうにも落ち着かない心への処方箋としてはうってつけの作業でもあると言える。ストレリチアス邸にはびこる雑草は、近隣の領民の畑に生える雑草よりもずっと元気でたくましく、こまめな処理が求められるため、ここぞとばかりに無心になってむしり続ける。

視界の端に、バッタを追いかけて飛び跳ねるウカの姿を収めつつ、ぶちっぶちっとひたすら無心で雑草をむしり続ける。そう、無心だ。心を、無に。

「って、そうできたら苦労はしないのよ」

はあああ、と、深く溜息《ためいき》を吐いて、麦わら帽子の下で額《ひたい》に浮いた汗を拭《ぬぐ》った。無心になりたくてもなれずにこの心を占めるのは、濃金の青年――リヒトに他ならない。耳元でよみがえる、彼のあのセリフ。

——あなただけなんです。

切なる響きを宿したその声、その言葉、その響き。

嬉《うれ》しくないわけではない。けれど喜んではいけない気がするのはなぜだろう。マリオンだけだと言ってくれる彼のその心を、マリオンは未《いま》だに受け止め切ることができずにいる。

そのせいで、あの日以来、また彼の顔をまともに見ることができなくなってしまった。今日だってそうだ。町の市場に食材の買い出しに行きましょう、と、リヒトは誘ってくれた。近頃はロクサーヌにつきまとわれてばかりいる彼と、久々に二人きりになれるのは、確かに嬉しいことであるはずなのに、マリオンはその誘いを断って、こうして草むしりに専念している。

そうやってリヒトからの誘いを断ったのは一度や二度ではない。それどころか、普段の生活の中ですら、彼から顔を背《そむ》けてばかりいる。

シラノの『子作り』発言以来、リヒトの顔が見られなくなったときとはわけが違う。あのときのような明確な理由ではない。自分でもよく解《わか》らない、けれど決して捨て置けない、なんとも不明瞭な何かに突き動かされて、マリオンは彼の顔が見られない。

マリオンよりもずっと敏《さと》いあの青年が、そんなこちらの態度に気付いていないはずがない。けれど何も言ってこない彼の想いはどこにあるのだろう。彼なりにマリオンのことを気遣い、慮《おもんぱか》ってくれているということなのだろうか。

いいや、むしろ。

「嵐の前の静けさって感じよね……」

あのリヒトのことだ。遅かれ早かれいずれ、何かしらとんでもないことをしでかしてくれるのではないかと思えてくる。最近のからかうような甘い言葉や、遊ぶような触れるだけの口付け、優しく抱き締めてくれる腕が、そんな予感を確信へと変じさせ、思い返すだけで顔から火が出そうになる。

嫌なわけではないのに。どれもこれも、何もかも大切で、嬉しくてならないのに、なぜだかリヒトの気持ちが、違うところにあるような気がしてならなくて。マリオンだけしか見ていない彼の瞳を、どうやって見つめ返していいのか解らない。

だからこそ結局、こうして彼を避け続けて今日にいたるわけである。

「よし、とりあえず草むしりはこんなものかしら。後は……」

追肥《ついひ》をしておくべきかしら、と、物置小屋に向かおうと腰を上げる。マリオンの動きに気付いたウカが駆け寄ってきて、「おつかれさま！」とねぎらってくれるかのように、その口にくわえた野ネズミをぽとりとマリオンの前に落とした。

あらあら、と苦笑しつつその捧《ささ》げものをそっと持ち上げて撫《な》でると、ぴくぴくと身じろいでいた野ネズミは、はっと正気を取り戻《もど》し、慌《あわ》てふためいてマリオンの手から飛び降りていった。

きゅん！　とウカがその後を追おうとするが、その前に彼のことを抱き上げる。

「こら、ウカ。狩りの練習は大切だけれど、お腹《なか》が空《す》いているわけでもないのにいたずらに手を出すものじゃなくてよ？　騎士道に反するわ」

つん、とウカの濡《ぬ》れた鼻先をつつくと、きゅうん、と彼は頷《うなず》いて、マリオンの腕の中で丸くなる。腕の中のぬくもりに、近頃ずっと思い悩み続けている心が少しずつ晴れていく気がして、ほっと息を吐く。

さて、今度こそ肥料を取りに、と中庭の片隅に位置する物置に向かおうと踵《きびす》を返したマリオンの背に、中庭に面するテラスから声がかけられる。

「マリィ、マリオン！」

「まあ、叔父《おじ》様。それから……ベルゼブブさん？」

振り返ると、テラスからシラノが大きく手を振っていた。彼の隣には、当たり前のようにセヴェリータがいる。頭に被《かぶ》っていた麦わら帽子を取り、二人の元に駆け寄る。

屋敷の内部から大きく開け放たれた、中庭との出入り口の一つでもある大窓の向こうから、ふんわりと甘い香りがただよってきた。

「休憩にしないかい？　お茶の準備をしたんだ」

そろそろいつもの茶会の時間だろう、と、続けるシラノに、マリオンはもうそんな時間だったのかと目を瞠《みは》った。そういえば、草むしりを始めたときにはまだ高い位置にあったはずの太陽が、既《すで》に傾きつつある。腕の中のウカが、テラスのテーブルの上に並べられた自分用にと用意されたと思われる干しぶどうに目を輝かせた。

きゅうきゅうと鳴き声を上げ、早く早くと急《せ》かすウカに促《うなが》され、マリオンはテラスにおけるいつもの定位置の椅子に腰を下ろす。シラノ、セヴェリータがその後に続いた。

「さて、それでは本日の茶会を始めようか」

「あら、叔父様。まだリヒトが来ていませんわ」

ストレリチアス家のお茶会は、家族揃《そろ》って催すべし。それが暗黙の了解となっている。

屋敷から出ているアーリエやカプリツィアはともかくとして、リヒトはほぼ必ずこの場に同席するのが常だった。彼のことを市場に送り出したのはマリオンだが、そろそろ帰ってきている頃合いだろう。

叔父がリヒトを忘れるとも思えず、思わずマリオンが問いかけると、ぐっとシラノは言葉に詰まり、そのマリオンと同じ銀灰色《ぎんかいしょく》の瞳を魚のように泳がせた。

「あ、ああ。その、なんだ。彼なら……」

「ダチュラス家の小娘に捕まって、また町に連れ出されていたぞ。あの小娘、マモンのことが大層お気に入りらしいな」

物好きなものだ、とほとほと感心したように頷きながら、セヴェリータがあれこれ言いあぐねていたシラノの言葉を引き継いだ。ダチュラス家の、ということはつまり、リヒトはロクサーヌと、お出かけ中であるということだ。それはつまり。

「デートってことですのね」

口に出してみると存外に乾いた響きをはらんだその言葉に、なんとなく落ち込む自分を感じた。リヒトからのその〝デート〟の誘いを断ったのは自分の方なのに、随分勝手なものだと我ながら思わずにはいられない。

そんな自分をごまかすように、瞳を伏せて、シラノが手ずから淹《い》れてくれた紅茶を口に運ぶ。出がらしの紅茶は、ただの白湯《さゆ》の味がした。

「いや、デートだなんて、リヒトはそんなつもりは……」

「いいえ、いいんです叔父様。お気になさらず。ロクサーヌ様、リヒトが魔法使いだって知ってから、今まで以上にリヒトにご執心のご様子ですもの」

なんとかシラノがフォローしようと言葉を探しているが、マリオンは笑ってかぶりを振った。ぎこちない笑みになっているのか、それともうまく笑えているのか、自分では判別がつかなかったけれど、どちらであるにしろ笑顔は笑顔だ。

展望台広場における襲撃事件において、現在ストレリチアス邸に逗留《とうりゅう》している三人のシラノの花嫁候補達には、リヒトが魔法使い——それも、かなり高位の魔法使いであることが知られている。シラノの口から、「決して口外しないように」と言い含めてもらった。アガタとオフェリヤはそれを素直に受け入れ、以前と変わらない態度でリヒトに接してくれているが、問題はロクサーヌだった。

彼女はリヒトについて、とびっきりの美貌を誇る聖爵家縁故の男性、という価値に加えて、〝高位の魔法使い〟でもあるのだというさらなる価値を見出《みいだ》し、ますます彼につきまとうようになったのだ。それまではマリオンとの賭けのために、ある程度は自分の意思で彼女の相手をしていたリヒト本人が「……うっぜぇ」とぼそりと低く吐き捨てる程度には積極的なアプローチを重ねている様子である。

リヒトの恋人であると自他ともに認めるはずのマリオンが、心穏やかにいられるはずがない。それがシラノの見解なのだろう。気遣わしげにこちらを見つめてくる叔父に、マリオンは膝《ひざ》の上で干しぶどうにかじりつくウカの背を撫でながら、もう一度笑ってみせた。大丈夫です、という気持ちを込めて。

そうだとも、落ち込む必要なんてないのだ。だってロクサーヌは、本当のリヒトを知らない。リヒトの本当の魅力は、あのとびぬけた美貌でも、とんでもない魔力でもない。それはマリオンだけが知っていればいい。リヒトが自分以外を選ぶだなんて思えないし、思わない。それくらいには、マリオンは自分にとっての唯一無二の〝金色の王子様《恋人》〟のことを信じている。そう、信じて、いいはずなのだ。

「お熱いものだな。まさかあのマモンに、お嬢のような善人が引っかかってしまうとは……ふぅむ、祝っていいのか嘆いていいのか、実に悩ましい」

「あの、ベルゼブブさん。その『お嬢』って呼び方はちょっと」

「おや。ならばマモンのように『おひぃさま』と呼んでさしあげようか？」

「っ！」

意地悪くセヴェリータが口角を吊《つ》り上げる。ぐっと言葉に詰まった。マリオンのことを『おひぃさま』と呼んでいいのは後にも先にもリヒトだけだ。マリオンは彼の、彼だけの『おひぃさま』──〝お姫様〟なのだから。

えっと、その、と、なんとか反論を探すマリオンに、セヴェリータはくつくつと喉を鳴らす。からかわれたのだ、と遅れて気が付いた。ぽぽぽぽっと顔を赤くして俯《うつむ》くマリオンの様子を見かねたのか、シラノが「ベル」とセヴェリータのことを呼び止めた。

「あまりマリィをいじめないでくれないか」

「いじめてなどいないさ。遊んではいるが」

「うーん、それもできればやめてやってほしいんだが……」

「人生は自分でスパイスを振りかけねば、まずいばかりのものになってしまうというのが自分のモットーでね。その点、自分にとっての最高のスパイスは、旦那様。あなただぞ？」

「……あ、ありがとう、ベル」

「ふふ。その呼び名、本当に心地よいな」

実にうまい、と、セヴェリータは凛々《りり》しく整ったかんばせで甘く笑む。彼女のからかいの標的が自身に移ったことに気付いたらしいシラノは、顔を赤らめて既に古くなってしけっているクッキーをぼそぼそと口に運んだ。そのかけらがシラノの唇の端につく。マリオンはナプキンを差し出そうとしたが、それよりも先に、彼の隣を定位置と定めているらしいセヴェリータが、身を乗り出してぺろりとそのかけらを舐《な》め取る。

「うわあっ!?　あ、あ、べ、ベル!?」

「叔父様!?」

「おやおや、大丈夫か、旦那様？」

赤らめるどころではなく顔を真っ赤にして椅子からひっくり返ったシラノが叫び、マリオンが悲鳴を上げる。そんなこちらを楽しそうに、そして嬉しそうに見つめながら、セヴェリータはシラノを助け起こす。

「自分が獣の姿のときには、よく互いにやっていたことじゃないか」

「いや、その、確かにその通りだが！」

「だろう。何か問題が？　旦那様は、嫌だったか？」

しょんぼりとセヴェリータが凛々しい柳眉《りゅうび》を下げる。これ以上ないと思われるくらいに赤くなっていたシラノの顔が、なんとさらに赤くなった。

「い、や、では、ない、よ」

「そうか。自分は嬉しい」

「………………」

完全に遊ばれている叔父の姿に、マリオンはなんとも言えない気持ちになった。リヒトと自分のやりとりも、こんな気持ちで周囲の人々は見守ってくれていたのだろうか。そう思うとも う恥ずかしいを通り越し、一周回って遠い目になるしかなくなってしまう。

セヴェリータに助け起こされる叔父は、恥ずかしそうだけれど嬉しそうだ。セヴェリータについては言うまでもない。本人が言う通りである。

——叔父様は、きっと、ベルゼブブさんを選ばれるんだわ。

驚くほどすんなりと、その予想——いずれ事実となるであろう考えを、マリオンは受け入れた。膝の上で腹を満たしたウカが丸くなる。そのふかふかの毛並みをなぐさみに撫でながら、マリオンは相変わらずいちゃついている……そう、いちゃついているとしか表現できないやりとりを交わしているシラノとセヴェリータを見つめる。

《寛容》の聖爵たるシラノが、《七人の罪源》たるセヴェリータを選ぶ。別にその選択を反対するつもりなんてさらさらない。それこそ今更だ。ようやく叔父に春が来たことを素直に喜べる自信がある。マリオンにとっての問題は、そこではない。

——私は？

シラノがセヴェリータを選ぶように、リヒトのことを選べるのだろうか。いいや、もう選んでいる。選んでいるつもりだ。彼がセヴェリータと同様に《七人の罪源》の一人だろうがなんだろうが関係ない。マリオンにとっての〝金色の王子様〟は、リヒトだけだ。けれど。

――リヒト、は？

彼は、どうなのだろう。先ほど、彼はマリオンを選んでくれるだろうと思ったけれど、本当にそれでいいのだろうか。リヒトにとって、それは本当に正しい選択なのだろうか。未だに一度だって『マリオン』と呼んでくれない彼は、本当にマリオンのことをマリオンと同じ意味で想っていてくれるのか。

甘い言葉、優しい口付け、力強い腕。

今更疑いたくなんてないのに、ふと湧《わ》いた疑問はそのままマリオンの心に深く根を張って、初夏のしぶとい雑草のようにたくましくはびこっていく。

「…………」

「マリオン？」

「お嬢、どうしたんだ？」

気付けば黙りこくり俯いて、いたずらにウカの毛並みで遊ぶばかりになっていたマリオンに、シラノとセヴェリータから声がかけられる。どうかしたのかとこちらをうかがってくる二人に、マリオンはなんとか笑みを返した。

「いいえ、なんでも。草むしりで少し疲れてしまったみたいです。まだ早い時間ですが、お風呂をいただいてまいりますわ」

それでは、と、二人の答《いら》えを待たずにウカを抱き上げて立ち上がり、邸内の浴室へと足を急がせる。じっとりと身体《からだ》にまとわりつくのは、ただの汗にすぎなくて、決して不安ではないはずだと、自分に言い聞かせる。

「あら、マリオン様」

「ッロクサーヌ、様」

浴室にあと少しでたどり着くはずだった足を止める。マリオンの視線の先には、市場で買い込んだものが詰まっているらしい紙袋を抱えたロクサーヌがいた。知らず知らずのうちにぎくりとする。

ロクサーヌがツカツカとこちらに歩み寄ってくる。思わず後退《あとずさ》りしそうになったところを、腕の中のぬくもりをぎゅっと改めて抱き締めることでなんとか耐える。

「お帰りなさいませ、ロクサーヌ様」

「あなた、調子に乗らないでよね」

「……は？」

とりあえず口にした挨拶《あいさつ》に被さるようにして放たれた言葉に、マリオンは固まった。明らかな敵意がにじむ刺々《とげとげ》しい言葉尻に戸惑うこちらを、ロクサーヌの瑠璃色《るりいろ》の瞳がきつく睨《にら》み付けてくる。

「リヒトさんのことよ。あなたがリヒトさんに気にかけてもらえるのは、雇い主であるシラノ様の姪《めい》だからってだけでしょう？　それ以上を求めるのは、分不相応ではなくて？」

「え、えっと」

いや、明言こそしていないが、マリオンとリヒトの間柄は、〝令嬢と使用人〟という関係性だけではなく、確かに〝恋人同士〟という関係性も存在している。そう、れっきとした恋人なのだ。今こそそれをはっきりとロクサーヌに告げるべきだと解っているのに、なぜだか言葉が喉の奥で絡《から》まって、何一つ出てこない。

「ほら、見てよ。これ、市場でリヒトさんが買ってくれたの。露店で一番高かった髪飾り！　マイレースレの結婚式で、私はこれを付けて、リヒトさんと灯篭《とうろう》を流すつもりよ」

抱えていた紙袋の中身を示される。マリオンの目に映ったのは、見事な細工の髪飾りだ。黄色に染められたカーネーションの彫刻が鮮やかなそれに目を瞠るマリオンの反応に気を良くしたらしいロクサーヌはフフンと鼻で笑う。

「……ねぇ、マリオン様」

「な、なんでしょうか」

わざとらしいくらいに、優しい呼びかけだ。けれどその響きがどこか遠い。その先の言葉を聞きたくないと思ってしまった。

思わず一歩後退ると、それ以上に大きくロクサーヌは足を踏み出してきて、マリオンの顔を覗《のぞ》き込んでくる。彼女の瑠璃色の瞳が、舐めるようにマリオンの頭のてっぺんから足のつま先まで眺めた。豪奢《ごうしゃ》なドレスに身を包むロクサーヌとは大違いの、汗と泥に汚れた、貴族の令嬢だなんて到底思えないような、みすぼらしい作業服姿を。

「あなたに、ストレリチアス家の娘であること以上の価値が、リヒトさんにとってあるのかしら?」

その言葉は、驚くほどの衝撃をマリオンにもたらした。息を飲むことすらできなかった。だってその言葉は、マリオンが抱《いだ》いてしまった疑問そのままだったからだ。

マリオンがストレリチアス家、つまりは《寛容》の聖爵の血を引く存在であったからこそ、リヒトは封印から解き放たれた。けれどももしも、マリオンが聖爵とは関係のないただの小娘だったとしたら? そのときリヒトは、マリオンのことを振り向いてくれたのだろうか。

抱いてはいけなかった疑問は、そのままリヒトに対する不信の表れだ。自分の弱さと醜さを一度に見せつけられた気分になり、呆然《ぼうぜん》と立ち竦《すく》む。

くすくすと笑ったロクサーヌは、そのままマリオンの隣を通りすぎていく。軽い足取りが遠ざかる。その軽やかな足音と一緒に、リヒトの、〝おひぃさま〟という声も、また。

「おひぃさま?」

「っ!」

身体が大きく跳ねた。今、一番聞きたくて、同時に聞きたくなかった声が、背後から聞こえてきた。

振り返らなくては。なんでもない顔をして、いつものように、「なぁに?」と、そう首を傾《かし》げるだけでいい。何も難しいことなどない。それなのに動けないのはなぜだろう。

　ウカを抱き締めたまま凍り付いたように動けないマリオンの前に、いよいよ彼が――リヒトが回り込んでくる。

「おひぃさま。ただいま帰りました」

「え、ええ。おかえりなさい。ロクサーヌ様と出かけていたのよね」

「はい。実に有意義な時間でした」

「……そう」

　有意義と言いつつ、その表情も、声色も、どちらも『これ以上なく無駄《むだ》だった』とでも言いたげなものだった。いつも通りのリヒトだ。だからマリオンもいつも通りの態度を取ればいい。そうだ、いつも通りでいなくてはならない。今更ロクサーヌの言葉に傷付いているなんて、そんなこと、認めたくない。

「…………おひぃさま？　どうなさいましたか？」

　リヒトの手が伸ばされる。どうやらマリオンの顔には草むしりの際に土が付いていたらしい。その汚れを拭ってくれた彼の白い手が、そのまま肩口にこぼれたマリオンの長い鈍色《にびいろ》の髪を、わざわざ丁寧に耳にかけてくれる。

　驚くほど丁寧に、信じられないほど優しく、まるで壊れ物でも扱うかのようにリヒトはマリオンに触れてくる。嬉しいと、確かにそう思えるはずだった。けれど『嬉しい』と喜んでいるはずの心とは裏腹に、なぜだかそれ以上触れられるのが耐えられなくなり、マリオンは大きく背後へと後退った。

宙を掻《か》くことになった自らの手に驚いたのか、リヒトの濃金の瞳が大きく瞠られる。そのまぶらりと垂れ下がる彼の手に、ハッと息を飲む。やってしまったと、気付いても遅い。リヒトの瞳が眇《すが》められる。見ないで。そう、マリオンは、思ってしまった。

「だ、大丈夫！　大丈夫なの！　なんでもないわ。気にしないでちょうだい」

説得力なんてまるでないことは、自分でもよく解っていた。案の定リヒトは納得していない顔をしている。いいや、納得していないばかりか、なんとも苛立《いらだ》ったような、まるで魔法を行使するときのような、凶悪な表情を浮かべていた。

これはまずい。そんな顔をさせたいわけではないのだ。けれどならばどんな表情だったら自分は納得できたのだろう。自分のことなのに、マリオンには解らない。

「わ、たし、お風呂に入りたいの。汗でべたべたなのよ。悪いけれど失礼するわね」

一息でそう言い切って、リヒトの隣を通りすぎる。彼に止められることがなかったことに安《あん》堵《ど》しながら、足を急がせた。

なんでもない、なんて、我ながらどの口がそんなことを言えたというのだろう。『なんでもない』わけがない。けれどリヒトにとっては『なんでもない』こととされてしまうのかもしれない。それを確かめるのが怖かった。

もしも本当に、彼にとって『なんでもない』ことだとされてしまったら。そんなのは。

「……あんまりにも、寂しすぎるじゃない」

誰にともなくこぼした呟《つぶや》きに、ウカが頭をもたげてこちらを見上げてくる。その頭を撫でて、マリオンは浴室へと足を踏み入れた。天井に取り付けられた噴射管から降り注ぐあたたかい湯は、すぐに冷たい水に変わった。また故障ね、と溜息を吐く。けれどなぜだかこの冷たさが、今は心地よい。この冷たい水と一緒に、この胸に凝《こご》るもやもやとしたどうしようもなく行き場のない感情も、全部流せてしまえばいいのにと思わずにはいられない。

水が降り注ぐ浴室でゆっくりできるわけもなく、マリオンはさっさと風呂を後にした。時は既に夕暮れだ。夕食の準備をしなくてはならない。厨房《ちゅうぼう》でエプロンを着けて、いざ、と包丁を持ち上げる。

今夜の献立は新じゃがのフルコースである。午前中に皮むきと下蒸《む》しは終わらせているから、後は切ったり焼いたり煮たりするだけだ。湯船でゆっくりしたことで、だいぶ心は落ち着いている。束《つか》の間《ま》の平穏であることは解っているが、それでもそういう時間がわずかでも存在することがありがたい。

「まずはビシソワーズかしら」

「まあ、嬉しい」

「あたしはグラタンが食べたいんだけど？」

「きゃあっ!?」

ぴとっと左右からくっついてきた二人分のぬくもりに、マリオンは悲鳴を上げた。その手から包丁がこぼれ落ち、目の前のまな板の前に山積みになっていた新じゃがにぐさりと突き刺さる。色んな意味で危なかった。

ドッドッドッとうるさくなる胸を押さえて、マリオンは左右をそれぞれ見た。紫色の双眸《そうぼう》と、緑色の双眸が、それぞれ笑みを含んでこちらを見つめてくる。言うまでもなく、アーリエとカプリツィアだ。

「お、おかえりなさい。帰ってきてたのなら、普通に出てきてちょうだい」

「それじゃつまんないじゃなぁい」

「どうせまたすぐに出ていくつもりですもの。いちいち目くじらを立てないでくださる?」

くすくす、ふふふ。打ち寄せるさざ波のように笑い合う美少女と美女に、マリオンはなんだかどっと疲れが押し寄せてきたような気がした。本当にああ言えばこう言う二人である。

今でこそ無力な女性だが、その真実の姿は、古くから生きる最高位の魔法使いである彼女達に口で敵《かな》うと思う方が間違っているのは解っているが、それでも一つや二つ物申したくなるのは仕方がないことのはずだ。

はあ、と溜息を吐いて、垂直に新じゃがに突き立っている包丁を抜く。そして改めて新じゃがを刻み始めながら、「それで?」とマリオンは二人に問いかけた。

「どうしたの？　何か忘れ物でもあった？」

ちらり、ちらりと、マリオンの左右にそれぞれ陣取る緑の美少女と紫の美女を見遣《みや》ると、二人はにっこり笑った。とんでもなく美しく魅力的な笑顔であるというのに、寒気しか感じない笑顔である。

「腹ペコ女のこと、あのオジサン、随分お気に召してるんですって？」

「ベルゼブブ自身も悪い気はしていないようだと先日お見受けしましたけれど、相変わらずのようですわね」

「ああ、そのこと？」

なるほど、自分達よりも先に封印から解放されたセヴェリータの様子を見に来たわけか。カプリツィアとアーリエが前回屋敷に帰ってきたとき、セヴェリータはまだ虎の姿であり、シラノとの仲がどうこうと揶揄《やゆ》しつつも、それはあくまでただのからかいの範疇《はんちゅう》でしかなかった。けれど今、本来の人間としての姿を取り戻した彼女と、シラノの仲が、疑いようのないものになりつつあることに、二人は既に気付いているようだ。

わざわざ確認に来るなんて意外と律儀ね、と思いつつ、こくりと頷きを返す。マリオンのあっさりとした反応が面白くなかったのか、カプリツィアが「それだけぇ？」と唇を尖《とが》らせ、アーリエが「つれませんこと」と溜息を吐く。どうやらマリオンがシラノとセヴェリータの関係についてあれこれ横槍《よこやり》を入れることを期待していたらしい。

この二人、一緒にすごすうちに気付いたが、随分と揉《も》め事を好む傾向にあるらしい。さすが王太子すらも手玉に取った《罪源》ね、と呆《あき》れつつ、マリオンは苦笑する。

「私より、花嫁候補の皆さんの方が、何かしらどうこうするかもしれないって思うべきではなくて？」

何せマリオンは、自分の恋路で今は手いっぱいだ。シラノのことが気にかからないわけでは決してないが、セヴェリータとのあのやりとりを見ていると、きっと……いいや、絶対に大丈夫だろうと思えてしまう。そう思わせるだけの説得力が、シラノとセヴェリータにはあった。

だからあの二人に対して何かしようとするならば、〝シラノ・ストレリチアスの花嫁〟という立場を望んでこの屋敷に滞在している例の三人の方が可能性が高いのではないだろうか。とはいえ。

「まあ、ロクサーヌ様は、叔父様よりもリヒトにご執心でいらっしゃるけれど」

彼女が本来の目的であったはずのシラノにはちっとも意識を払わず、リヒトしか見えていないということは、先ほどのやりとりで知れたことだ。ずきんと痛む胸をごまかすために新じゃがを刻む手を早めると、カプリツィアが「ああ、あの子ぉ？」と小首を傾げる。

「あの子、いい子じゃない。とっても扱いやすそうで」

「そうですわね。それに男を見る目のなさはあなたと同じでしょう？　仲良くなれるのではなくて？」

「……」

カプリツィアの言いぶりは酷《ひど》いものだが、アーリエの言いぶりも大概酷い。ロクサーヌとひとまとめにされてマリオンも馬鹿にされている。

反論しようにも言葉が見つからず、むすっとマリオンは頬を膨らませる。

「なら、アガタ様は？　あの方は殿方を見る目はおありだと思うわ。腕利《き》きの商人でいらっしゃるんだし」

叔父様のことを商売道具としか見ていないのだとしても、と内心で続ける。最近はちっともシラノに近寄らない彼女の想いは、一体どこにあるのだろう。口に出さなかった思いは、幸いなことにアーリエにもカプリツィアにも伝わることはなかったらしい。二人は揃ってつまらなそうに眉をひそめた。

「シャロン家の商才には魔力とは別の魅力がありますけれど……でも、あの娘さんは、本当につまらないですわね」

「わっかるぅ。ほんっと、ほんとにつまんない。無理。ああいうタイプ、あたし一番イヤ」

なんとも嫌そうにうんうんと頷き合う美少女と美女に、マリオンは不思議になった。同性の目からみても十分すぎるほど魅力的な女性のアガタを、そこまでこき下ろすことはなかろうに。

「アガタ様は素敵な女性よ？」

「まああんたにはわかんないでしょぉね」

「ええ、ぜひそのままおニブさんのままでいてくださいませ」

「……アガタ様じゃなくて、私のことをものすごく馬鹿にしてない？」

半目になって問いかけると、カプリツィアは「へえ、気付けたんならまだマシじゃない」と感心したように頷き、アーリエが「あら、一つ賢くなれましたのね」と微笑《ほほえ》ましげに笑う。やはりものすごく馬鹿にされている。

もう、と唇を尖らせるマリオンを、小馬鹿にするように見つめてくる緑と紫の双眸。いい加減このまなざしにも慣れてしまった。

「それから、もう一人、いますでしょう？」

アーリエのひっそりとした問いかけに、ぱちりと瞳を瞬《また》かせる。もう一人、と、その言葉に、脳裏によぎった面影に、ああ、とマリオンは頷いた。

「レミエル様のこと？　あの方は、その……」

セヴェリータに付きっきりのシラノの姿を見ても、なお諦《あきら》めきれずに、なんとか彼の気を引こうとあれこれ手をこまねいているオフェリヤの姿を見るのは、正直なところ、少々……いや、はっきり言ってだいぶ辛《つら》いものがある。

「ご領主様」と切なげにシラノを呼ぶその声に、誰も悪くないというのにマリオンは胸を痛めずにはいられなかった。シラノがきっぱりと彼女に、自身の正直な気持ちを打ち明ければいいいのかもしれないが、あのオフェリヤの様子を見ていると、それだけで簡単に話がすむとも思えないし、そもそもシラノ自身がセヴェリータの世話に追われてそこまで考える余裕もなさそうだ。

　誰も悪くないのだけれど、と、もう一度繰り返して刻んだ新じゃがをマッシャーで潰すマリオンの耳に、また笑い声が届く。《嫉妬》の魔法使いと《色欲》の魔法使いが、楽しそうに笑っていた。

「あの娘も〝いいこ〟よねぇ」

「ええ、とっても〝いいこ〟だと思いましてよ」

「……？」

　何やら含むものを感じさせる物言いである。新じゃがを潰す手を止めて二人の顔を見比べると、彼女達は唇にそれぞれ趣《おもむき》の異なる魅惑的な弧を描いて、「それじゃあねぇ」「またいずれ」と去っていってしまった。

　入れ替わりのように、厨房の近辺の部屋のパトロールを終えたらしいウカがやってくる。アーリエとカプリツィアの発言の意図が解らずにきょとんとしたままのこちらを見上げてくる彼に、ふかし芋を一つ与えてやって、マリオンはとりあえず食事の準備を再開させるのだった。

＊＊＊

オフェリヤをはじめとする、シラノの花嫁候補達がストレリチアス領にやってきて、三週間が経過する。やっと、と言うべきなのか、もう、と言うべきなのか、マリオンには解らない。それくらいに密度の濃い三週間だった。

先達《せんだっ》て町に行楽に出かけた際の襲撃事件については未だ何の情報も得られていないらしく、このまま迷宮入りするのでは、と領内ではもっぱらのうわさだ。シラノは相変わらずセヴェリータの世話に励んでいるし、セヴェリータは嬉しそうにそれを受け入れている。寄り添う二人の姿は、シラノと付き合いの長いマリオンにすら、まるでもう二人が何年も前からそういう仲であったのではないかと思わせるほどに、甘く仲睦《むつ》まじい。

マリオンの前では人の好い叔父の姿を貫いているシラノが、セヴェリータの前では恋する殿方の顔になる。マリオンは叔父のそんな顔を知らなかった。彼にもそんな顔ができたのだということが、少しだけ寂しくて、それ以上に嬉しい。

けれどそうやって喜んでばかりもいられない。気にかかるのはオフェリヤだ。シラノに近付こうにも近付けない彼女は、しおれかけた花のように頼りなく、はかない印象をマリオンに抱かせる。おそらくは初めての感情に振り回されているであろうシラノのことを責めることはできないが、せめてもう少し彼にオフェリヤのことをフォローしてもらい、最終的に丸く収まるように引導を――とは思えども。

「そううまくいくわけないわよね……」

恋とはなんて厄介なものなのだろう。理屈ではない感情が何よりも先に立ってしまうもの。

それが恋だというのならば、マリオンは。

「……考えすぎ、なのかしら」

正直な話をしてしまえば、今のマリオンに、オフェリヤのことを慮れるまでの余裕はない。キッツキッツの限界なのである。理由はもちろんただ一つ、マリオンの〝金色の王子様《恋人》〟もといリヒトについてだ。

ここ最近彼とはすっかり、ぎくしゃくどころではない、もうぎすぎすと言っても過言ではないほどにぎこちない仲になってしまっている。

原因は解り切っている。マリオンが一方的に彼のことを避けまくっているせいだ。ロクサーヌの猛攻を掻《か》い潜《くぐ》ってマリオンに近付いてこようとしてくれるリヒトの顔を、まともに見ることができない。近頃そんなことばかりだったではないかと言われるかもしれないが、その『近頃』のさらに上をいく露骨さと徹底さで、マリオンは彼のことを避けに避けまくっている。

おかげでリヒトの機嫌は、すこぶる悪いようだ。当初はそれでも笑顔を振りまいていたが、最近近寄ってこようとする彼の顔はいつもの優美な笑顔はどこにぶん投げたのかと誰もが震え上がるほどに凶悪である。

彼がまとう雰囲気もまた同様に大層刺々しく、マリオンが彼を避ければ避けるほどその棘《とげ》は鋭く大きくなるという悪循環。それでもなおリヒトにまとわりつき彼の気を引こうとするロクサーヌは、実はとんでもない大物なのかもしれない。

「もうすぐ、マイレースレの結婚式なのに」

本日の洗濯物を干し終えて、ベンチに腰を下ろしたマリオンは、はあ、と物憂げに溜息を吐いた。マイレースレの結婚式。当然リヒトのことを誘いたい。誘うつもりだった。楽しみにしていた。とてもとても楽しみで仕方がなかった。このあいだまでは。でも、今は。

「ロクサーヌ様に髪飾りを買ってあげるくらいだもの。私と出るつもりなんてないのかも」

あんなにも立派な髪飾りをわざわざ買い与えてあげるくらいなのだから、マリオンと参加するつもりなんて最初からないのかもしれない。自分で言って自分で悲しくなってくる。

どんどん落ち込んでいくこの身勝手さが憎たらしい。正面からリヒトにぶつかっていって、彼の本意を問いただしてしまえば何もかも解決するのかもしれない。けれど、それで引導を渡されるのが、マリオンだったら。そう思うと怖くて仕方なくて、結局リヒトのことを避けることしかできなくなってしまう。いつまでもこうしているわけにはいかないのに。

どうしよう、と、もう一度溜息を吐いて顔を覆《おお》うマリオンの上に、ふいに影が落ちる。顔を覆っていた手を下ろして見上げたその先にいたシラノの姿に、思わず目を瞬かせた。

「叔父様?」

「ちょっと失礼するよ」

「え? は、はい、どうぞ」

マリオンの隣に腰を下ろしたシラノは、にこりと笑みを深めた。彼がセヴェリータに向ける笑みとは異なる、マリオンが大好きな叔父の笑みだ。

自然と安堵が胸に広がっていくのを感じる。すると顔にもそれが伝わり、マリオンもまた、シラノに対して照れくさそうに笑みを返した。姪の笑顔に嬉しそうに頷いてくれた叔父は、「手を出してごらん」と促してくる。首を傾げつつ、何も疑わずに両手でお椀《わん》を作ったマリオンは、シラノによってそのお椀の中に置かれたものに、目を見開いた。

「叔父様!?　こ、これ」

「ああ。当家の――というか、アザレアス家の家宝だった髪飾りだよ」

それは、大粒のサファイヤが見事に輝く髪飾りだった。シラノの言う通り、かつてはアザレアス家、つまりは《節制》の聖爵家の家宝だったものだ。アザレアス家の最後の当主が、他家に嫁《とつ》いだ血縁に託し、巡り巡ってストレリチアス家の家宝の一つとして数えられるようになったもの。深い青の輝きに見惚《みほ》れるマリオンの頭を撫でて、シラノは笑みを深めた。

「これで、リヒトを誘うきっかけができただろう？」

息を飲んだ。髪飾りに奪われていた視線をバッと持ち上げる。自分の瞳と同じ色の、けれど決して同じではない穏やかな光を湛《たた》えた瞳と視線が噛《か》み合った。言葉が見つからずそのまま見つめていると、ふふ、とシラノはいたずらげに片目を閉じてみせる。

「最近のお前の様子が見ていられなくてね。あと、そろそろリヒトも限界のようだし。ここはこの髪飾りの出番と思ったんだ」

「……でも、こんな大切なもの」

たかが恒例行事で、とは、言いたくなかったけれど、でも、もとを正せばマリオンの意気地《いくじ》がないせいなだけなのに。そう小さく呟くと、シラノはおやおやと瞳を瞬かせた。

「マリィは私の夢を叶《かな》えてくれないのかい?」

「夢?」

「ああ。ストレリチアスの当主になったときから決めていたんだ。私はこの髪飾りを、私が最もかわいいと思うレディに渡して、〝五月の薔薇《マイレースレ》〟に変身させてみせるってね」

「……!」

目を見開くマリオンの、髪飾りが輝いている両手のお椀を、シラノは自らの両手で包み込んでくる。優しいぬくもりが、有無を言わせずにマリオンの指を折りたたみ、髪飾りを受け取らせてしまう。

ずるい。こんなことを言われてしまったら、もうマリオンには、拒否することなんてできやしない。叔父にしてやられたのが悔しくて、マリオンはツンと唇を尖らせた。

「叔父様には、私よりもこの髪飾りを贈りたいお相手がいらっしゃるくせに」

「おやおや、では返してくれるかい?」

「嫌です。もう受け取ってしまいましたもの!」

「それは残念！」

ぱっと髪飾りを胸に引き寄せて笑ってみせると、シラノもまた嬉しそうに笑ってくれた。そのまま二人で笑い合っていたそのとき、「ご領主様！」と弾んだ声が聞こえてきた。

この声は、と、シラノとともにそちらを見遣ったマリオンは、オフェリヤが小走りになってこちらへと向かってくるのを見た。

「ああ、ご領主様。お一人ですのね。わたくしにお時間をくださいませ。もうすぐマイレースレの結婚式でしょう？　ぜひわたくしと……」

お一人も何も、シラノの隣にはマリオンがいるのだが、彼女にはその姿はさっぱり見えていないらしい。ロクサーヌとは違った意味でオフェリヤも大概に露骨である。その態度にひええとおののくマリオンに気付いたシラノが立ち上がって、オフェリヤを貴族の家長らしく手を取ってエスコートする。うっとりとオフェリヤが目を細めた。

「レミエル嬢、その件について話がある。あちらで話そう」

「はい、ご領主様」

「じゃあマリオン。健闘を祈るよ」

マリオンに気を利かせてか、シラノはそのままオフェリヤを連れ立って屋敷の中へと消えた。それを見送ってから、よし！　と気合を入れて立ち上がる。

「頑張ってみせるわ！」

リヒトをマイレースレの結婚式に誘う。つまりは結婚の申し込みだ。これで緊張せずにいられるはずがない。ただでさえ今の彼とはぎくしゃくを通り越してぎすぎすしているのだから余計にだ。けれど手の中のサファイヤの輝きが、マリオンの背を押してくれる。大丈夫、と自分に言い聞かせ、マリオンはウカを呼び寄せ、自室へと向かった。母の形見の小物入れに、そっと髪飾りをしまう。

マイレースレの結婚式まではまだ時間がある。それまでにきちんと自分の心に折り合いをつけて、リヒトに。そう心に決めた。

――だが、しかし。

「どうして未だに誘えてないのよ……!?」

自室でがっくりと膝をつき、マリオンはうめいた。ウカがきゅうんとすり寄ってくる。元気出して、と励ましてくれているようだが、あいにく今はそれだけでは立ち直れない。

シラノからサファイヤの髪飾りを受け取ってから早数日。前述のセリフの通り、未だにマリオンは、リヒトに誘いをかけることができずにいた。いや、言い訳になってしまうのだが、マリオンだって努力はしたのだ。ただそのたびにロクサーヌに割り込まれたり、突然の通り雨に降られて洗濯物を取り込まなくてはならなくなったり、中庭に出没し畑を荒らすイノシシの突進に見舞われそうになったりと、いつも通りの不運と災難に襲われていたのである。

毎回毎回、このタイミングで!?　と、悲鳴を上げさせられる羽目になった。このままではあっという間にマイレースレの結婚式当日になってしまう。誘って断られたならば……それは辛くて悲しいことだが、まだ諦めも付く。けれど誘うことすらできないなんて論外だ。シラノの夢を叶えるためにも、マリオンは負けられない。

「っそうだわ！」

どうせならお守りとして、あのサファイヤの髪飾りを持っていこう。マリオンのことを災厄から守ってくれるかもしれない。先達て王都で起きた事件において、マリオンのことを守ってくれた、ストレリチアス家のオパールのペンダントのように。

そうと決めれば話は早い。髪飾りをしまった小物入れの元へと向かう。

「練習もかねて髪を結っておこうかしら」

普段は下ろして遊ばせたままになっている長い髪を結い上げて声をかけたら、リヒトだって、マリオンが何を言いたいのか解ってくれるだろう。ずるい真似だと解っているが、恋の前ではあらゆる戦法が正義となると古人は言ったという。その言葉に倣《なら》うだけよ、と、言い訳じみた呟きを口の中で噛み砕きながら、小物入れのふたを開ける。そしてマリオンは目を見開いた。

「――――えっ!?」

その声は図らずも悲鳴混じりのものになってしまった。

ない。ないのだ。数日前、確かにそこにしまったはずのサファイヤの髪飾りが、ない。

「嘘《うそ》でしょう⁉」

小物入れをひっくり返しても出てこない。鏡台の下やベッドの下を覗き込んでもない。どこにも見当たらないのだ。ぱたぱたと足早に部屋の中を歩き回りながら、マリオンは足元にまとわりついてくる長男坊にも助力を求めた。

「ウ、ウカ、あなたも探してちょうだい！」

「何をですか？」

「きゃあっ⁉」

想定外の返事に、ちょうど床に這《は》いつくばって再び鏡台の下を覗き込んでいたマリオンは、まるで猫のように垂直に跳ねた。その拍子に、ガツッと頭を椅子の脚にぶつけ、ついでに舌も噛んでしまった。痛みにもだえるマリオンの元に、いつの間にか部屋の扉を開けてそこにたたずんでいたリヒトが、すたすたと近付いてきてひざまずく。

「大丈夫ですか？」

「ら、いじょぉぶ」

「ではなさそうですね」

ろれつの回っていないマリオンを呆れたように見下ろしたリヒトは、その手をマリオンの頭にかざした。金色の光の粒子があふれ出し、同時にマリオンから痛みが消えていく。治癒魔法だ、と、遅れて気が付いた。

「あ、ありがとう、リヒト」

よろよろと上半身を起こして床に座り込む形となってから、礼を言う。リヒトは「いいえ」と短く答えるだけだった。そこに笑みはない。無表情である。

それだけで、ひえ、と身体がびくつきそうになる。そのほんのわずかな機微を、リヒトは見逃してはくれなかった。すぅっと彼の濃金色の瞳が眇められる。明らかな苛立ちを宿した瞳に射抜かれて、マリオンは動けなくなる。ただその美貌を見つめ返すばかりだ。

「リ、リヒト」

「それで？」

「え？」

「何をお探しで？」

探し物があるのでしょう、と、問いかけではなく断定として言い切るリヒトに、マリオンはあう、と言葉を飲み込んだ。探し物はもちろんある。これから必死になって探す予定のものは、もちろんあのサファイヤの髪飾りだ。けれどそれをどうリヒトに伝えたものだろう。どうも何も、そのまま言えばいいということは解っている。解っているけれど、どんな顔をして言えばいいのか。

――あなたに結婚を申し込むための髪飾りを探してるの、なんて！

そんなこと、言えるわけがない。いやいずれは言うつもりではあったのだが、その前に心の準備が必要だ。そのためのサファイヤの髪飾りだった。そう、だからそれがあるとないとでは大きな違いであり、だから……と、あれやこれやとなんとかうまい言い訳を探して、膝の上で両手を握り締め、その震える拳を見下ろし続けるマリオンは、そのときリヒトがどんな表情をしているか、気付かなかった。気付けなかった。

だからこそ、反応が遅れた。


――――ダンッ!!


「きゃっ!?」

突き飛ばされた、と表現するのは、正確には違うのかもしれない。背後の壁に、起こしたばかりの上半身を、有無を言わせない力で押し付けられただけだ。

痛みよりも驚きの方が大いに勝《まさ》るその衝撃に思わず目をつむる。そうして一拍遅れてゆっくりと目を開いたマリオンは、そのまま大きくその目を見開かせた。

「り、ひと」

間近に、リヒトの濃金の瞳があった。吐息すら触れ合うような距離だった。

彼の手はこちらを囲い込むように両方ともマリオンの顔の横、背後の壁に押し付けられてお

り、彼の脚は座り込むマリオンの脚の間に割り込んでいる。ともすれば危ういとすら言い切れる位置でこちらを見つめてくるリヒトに、かあっと顔が赤くなるのを感じる。

文句の一つでも言えればよかったのかもしれない。けれど言葉が出てこない。ただ、間近で見る濃金の瞳の、あまりの美しさに目を奪われていた。マリオンの身体ごと心を焦がす炎を宿したその瞳に囚《とら》われて、指一本動かすことすら敵わない。

リヒト、と、もう一度その名を口にしようとして失敗した。代わりにリヒトの唇が動く。ささやくようにわななないたその薄い唇の震えは、確かな怒りと苛立ちを宿していた。

「金貨十枚では足りなかったですね」

「え？」

唐突なセリフだった。急に何を、と、マリオンは状況も忘れてぽかんと口を開ける。『金貨十枚』。リヒトが口にしたその言葉を内心で反芻《はんすう》し、それが彼との賭けにおける賭け金であることを、間抜けにも今更思い出す。賭けのことなんて、正直なところすっかり忘れていた。けれどそれをここで馬鹿正直に言うのは悪手《あくしゅ》であることは解る。

そもそも、リヒトは何が言いたいのか。戸惑いに瞳を惑わせるマリオンの視線が、リヒトの視線に絡め取られる。けぶるような睫毛《まつげ》を伏せて、リヒトは淡々と続けた。その睫毛の下から覗く濃金の瞳に宿る光は、見ているだけで心も身体も焦げてしまうのではないかと思われるような熱を宿していた。

「そろそろ例の賭けにおけるご自身の敗北を認められたのかと思いまして。最近とみに僕を避けていらっしゃったのはそのためかと思ったのですが、違いましたか？」

「ちっ違うわよ！　まだ、まだ勝負はついていないわ！」

「へェ？」

よく言う、とばかりに、リヒトは瞳を眇めた。うぐっと言葉に詰まったマリオンは背筋をだらだらと流れ落ちていく冷や汗の、その一滴一滴の感触を、つぶさに感じていた。

「だ、大体、金貨十枚で足りないなんて、そんな」

そうだとも。足りないなんて、それはどういうことだろう。足りないも何もないしとんでもないことだ。金貨十枚だなんてマリオンにはどう頑張っても用意できない大金である。金貨一枚だって用意できないくらいだ。

そんなこと、リヒトだってよく解っているはずだった。だからこそ彼は、マリオンに、そのままの意味での『金貨十枚』ではなく、『金貨十枚分のマリオン』を賭けの対価として求めたのだろう。金子《きんす》ではなく、それだけの価値がある形なきものを彼は求めたのだ。

おかげでマリオンは、シラノの花嫁候補達を相手取りながらちっとも心が休まらなかったのだが、前述の通り、最近はそんな賭けのことなどすっかり忘れていたのだからあまり大きなことは言えない。改めて金貨十枚分の自分とは、と考えてみる。金貨十枚分の自分を支払うことができるのか、ではない。それ以前の問題として、リヒトが満足できるだけの、金貨十枚分もの価値が、自分に本当にあるのだろうか。

「わ、私、金貨十枚なんか、そんなの……！」

「ああそうですか。賭けがご不満でいらっしゃるならば、もういいでしょう。では買い取りという形で、金貨二十枚？　三十枚？　いっそ百枚でも用意してさしあげましょうか？　それだけあれば、いくらおひぃさまでも僕の腕の中に落ちてきてくれるでしょう？」

「そんなこと言ってないでしょう⁉」

なんだかとんでもない方向にリヒトが走り出していることを感じ取り、マリオンは悲鳴混じりに叫んだ。何が金貨百枚だ。何をどう頑張っても到底金貨十枚分の価値にすら自分がなれるとは思えないのに、金貨百枚だなんて、そんなの、気が遠くなるような数字である。

そもそも自分がお金でどうこうできる女なのだと思われているのだとしたら、今更ながらとっても腹立たしい。ようやくそこまで考えるに至ったマリオンは、きっとリヒトを睨み付ける。だが、そんなマリオンからの視線を真っ向から受け止めて、それ以上に強い視線で睨み返してくるリヒトは、被さるように畳みかけてくる。

「あなたを手に入れるためならば、金貨百枚だって、千枚だって、いくらだって用意してみせます。ああ、そうだ、最初からそうすればよかったんですよね。金貨十枚分などと遠慮すべきではなかった。そう、そうだよ、最初からあんたの全部を買い取って……いいや、金ごときで手に入れられると思うのが間違いか。はは、そうだな、最初から全部、無理矢理奪っちまえばいいだけの話だってのに」

くつくつとリヒトは喉を鳴らして笑う。凄絶《せいぜつ》な美貌が冴《さ》え渡り、その凶悪な表情すらもただ美しいと評されるべき輝きを放つ。間近でその表情を見せつけられているマリオンは、呆然と彼のかんばせを見つめることしかできない。

リヒト、と。思わずそう呼びかけると、彼の手がマリオンの頬にあてがわれた。反射的にびくりと身体を跳ねさせると、リヒトの濃金の瞳の熱がゆらりとゆらめく。怒りや苛立ちばかりではない、確かな恋慕の炎をその瞳に宿して、彼はぐ、と、その薄い唇をひとたび噛み締めた。そうして再び開かれた唇が、どうして、と。この至近距離だからこそ聞くことができるような小さな声量で、震えるようにささやかれる。

「どうして、なんですか」

それは何に対する『どうして』なのだろう。何も解らない。どうして、なんて、そんなのこちらのセリフだ。どういうつもりでリヒトはこんなことをしているのだろう。マリオンはどうしたらいいのだろう。

戸惑うことしかできない自分が歯がゆくてならない。何か言わなくては。だってリヒトは何かを求める目をしている。マリオンはそれに答えたい。けれど言葉はやはり出てこなくて。

「僕のすべては、あなたのものなのに。どうしてあなたは、僕だけのものにならないんですか」

ねぇ、〝僕のおひぃさま〟。そう続ける彼の言葉は、もう問いかけではなかった。リヒトは確かに、マリオンのことを責めていた。詰《なじ》っていた。

今度こそ息を飲むと、彼の片手がそっとマリオンの頬のラインをなぞっていく。ぞくり、肌が粟立《あわだ》つ。こんなリヒトを、自分は、はたして知っていたのだろうか。

「教えてください。どうしたらあなたのすべては、僕のものになるんですか」

そのためならばなんだってしてみせるのに、と、リヒトはささやいた。願いを叶える代わりに命を奪うのだという古《いにしえ》の魔物は、こんな風に迷える子羊に問いかけるのかもしれない。そう思えるほどに甘い、まるで睦言《むつごと》のような言葉だった。

甘く、切なく、熱く、何もかもを焦がす――いいや、焦がすどころか燃やし尽くしてしまうに違いない熱量が、そこにはある。怒りよりも苛立ちよりも明らかな、確かな恋情が、そこにあるのだ。

「わたし、は」

やっと声が出る。情けなくも震えているけれど、それでもマリオンは懸命に言葉を紡いだ。

「私の、すべては、もうとっくにあなたの……〝リヒト〟の、もの、なのに」

確かにそう言った。けれどリヒトは、その美貌を凶悪に歪《ゆが》めて、ハッと鼻で笑う。

「足りるかよ」

馬鹿にしているのかとでも言いたげに、マリオンの〝金色の王子様〟であるはずの青年は苦しげに続ける。

「全然足りません。もっと。もっと欲しい。あなたが、あなただけが欲しいんです。他には何もいりません」

「そ、んな」

これが、《強欲》と冠された魔法使いなのかと、不思議と納得してしまう。そして同時に途方に暮れる。これ以上何を捧げたら、彼は、リヒトは、納得してくれるのだろう。もうあますところなくすべて捧げたつもりなのに、それでも彼は足りないというのか。何が足らないのだろう。どうしたら自分は、彼のことを満たしてあげられるのだろうか。

リヒトはマリオンのせいで……いいや、マリオンの『ため』に、こうして怒り、苛立ち、いつもの余裕をかなぐり捨ててマリオンを求めてくれている。それなのに、自分はそんな彼に対してどんな答えを返せばいいのか解らない。

彼が求めるのが金貨十枚分のマリオンだというのならば、それを得て満足してくれるのだというのならば、マリオンは望まれるがままに自分を差し出せばいいのかもしれない。けれど。

——金貨十枚分の、私？

それは一体何なのだろう。そのあまりにもとてつもない命題に、マリオンは呆然と座り込んだまま、リヒトのかんばせを見つめ返すことができない。

口の中がからからに乾いていた。どうして身体が震えるのだろう。どうして動けないのだろう。頬にあてがわれていたリヒトの手が、マリオンのあごを固定する。これ以上ないくらいに近くにあったはずの彼の顔が近付いてくる。

――あ、口付け、を。

そう思った。リヒトからのこの口付けを、今は受け入れてはいけない気がした。けれど駄目だ。逃げられない。そのときだった。

――――きゃん!!

「ッ!?」

「つの、小僧っ子!」

勇ましく吠《ほ》えた子狐が、マリオンの逃げ道をふさいでいたリヒトの手に、がぶりと噛み付いた。すぐにリヒトが振り払ったことから察するに、賢いマリオンの騎士は、甘噛みでとどめていたことに気付く。ぎろりと自身を睨み付けてくる濃金の瞳にも臆することなく、マリオンの膝の上に飛び乗ってきたウカは、勇ましく唸《うな》りを上げた。次は本気で噛んでやる、と、どんぐりのような瞳が、リヒトの瞳に負けず劣らずぎらついている。

一触即発の空気が流れた。だが、先に引いたのは、予想外にもリヒトの方だった。

ふ、と、濃金の瞳が伏せられたかと思うと、次の瞬間には、そこに浮かぶ光はもういつもの余裕ぶったものになっていた。けれど、それだけではない。

「怖がらせてしまい、申し訳ありませんでした。失礼いたします、おひぃさま」

「あ……」

違う。怖がってなんていない。ただ驚いただけだと、そう言いたかったのに、リヒトはさっと立ち上がったかと思うと、呆然と座り込んだままのマリオンに一礼して、部屋を出て行ってしまった。

言葉が、声が、音が、何一つこの唇から出てこない。リヒト、と、呼びかけることすらできず、ただ、ごめんなさい、と、去っていってしまった彼の背に向かって声なく呟いた。

あんな顔をさせるつもりなんてなかったのに。あんなにも切なくて、あんなにも寂しげな顔、させたくなんてなかったのに。

「自分だって、未だに私のこと、『おひぃさま』のくせに」

一度だって『マリオン』と呼んでくれたことがないくせに、それでも自分ばかり求めようとするリヒトのことをずるいと思う、それこそがマリオンのずるさだろうか。

何一つ解らないまま、ただ途方に暮れた。

そして、それから。マリオンとリヒトの立場は逆転した。

これまではリヒトの方がマリオンを追いかけ、そこからマリオンが逃げ惑うばかりだったというのに、今度はリヒトの方がマリオンのことを避けに避けまくってくれている。いくらマリオンが先回りをしようにも、リヒトはさらにその先の先をいく。

しかも問題はそれだけではない。相変わらずサファイヤの髪飾りが見つからないのだ。自室はもう徹底的に、ウカにも手伝ってもらって探し尽くした。それでも見つからないとなれば、屋敷のいずこかになんらかの理由で——いいや、屋敷の中ですむなら御《おん》の字だ。もしかしたら屋敷の外に出てしまったかもしれない。マリオンはその点において、悲しいことに定評がある。そう、〝災厄令嬢〟であるという定評が。

「悪夢だわ」

シラノにもなんて言えばいいのか解らず、とうとう迎えてしまったマイレースレの結婚式当日である。

ストレリチアス領は浮足立ち、その祭におけるにぎやかさが屋敷にまで伝わってくるようだ。本来ならば自分だってそのにぎやかさに一役買っていたはずなのに、と思うと、マリオンはそろそろ本当に落ち込んできた。

髪を結い上げることもなく、いつも通り下ろしたまま、箒《ほうき》で玄関先の掃除をしていたマリオンは、そこで「ねえ」とかけられた声に振り返る。ぱちり、と目を瞬かせたマリオンの視線の先にいるのは、見るからに旅支度を終えた姿のアガタだった。

「アガタ様？」

「あたし、帰るわね」

「え？」

　さっくりといつもの彼女らしいこざっぱりとした口調で言い放たれたセリフに目を瞠る。どういう意味かと首を傾げると、ふふ、とアガタは照れくさそうに、それでいて確かに晴れ晴れと笑ってみせた。

「マリオン様、あなたに言われて考えたの。あたしのしたいことってやつ」

「あ、ああ、そのことですか。余計なことを言ってしまってすみま……」

「やだ、謝らないでちょうだい。むしろあたし、お礼が言いたいんだから」

ね、と、箒を持った手を掴《つか》まれる。そのままアガタによって両手を包み込まれて戸惑うばかりのマリオンに、アガタはにっこりと笑みを深めて続けた。

「あたしはね、あたしの力でウチ……シャロン家を大きくしたいの。マリオン様、あなたの言う通りだわ。お貴族サマの力なんてなくたって、あたしにはそれができる。シャロンの秘蔵っ娘《こ》を舐めんじゃないわ。結婚なんて、その後で十分よ！」

　力強く発せられた断言は、マリオンに聞かせるためのものでもあり、アガタ自身に誓うための宣言でもあるのだろう。もともとアガタは魅力的な女性であったが、ここに来てさらにひときわ輝くように見えた。

　まぶしい、と思わず目を細めるマリオンに、アガタはにこりと笑った。その含むものがある笑みにきょとんと瞳を瞬かせれば、これからの未来に向けて輝く黒鳶色《くろとびいろ》の瞳がきらりと輝く。

「あたしのやりたいことは決まったわ。ねえ、マリオン様は？」

「え」

「あなたは何をしたいの？　ううん、あなただけじゃない。あなたの〝お相手〟は、何がしたいのかしら」

その問いかけに目を瞠るマリオンの鼻先を、ツンッとアガタの指先がはじく。ひゃっと声を上げるマリオンに、アガタはパチンと片目を閉じた。

「マリオン様。あなたにはあなたのやり方があるわ。でも、あなたの〝お相手〟は、そんなに気が長くなさそうじゃない。ねぇ、マリオン様。あたしがしたいことはあたし一人でもできることだけれど、きっと、リヒトさんのしたいことは、あなたがいなくちゃできないことよ。その辺のこと、解ってあげてる？」

「……！」

人生の先輩としての助言よ、と言い残し、颯爽《さっそう》とアガタは玄関から飛び出していった。きっとこのストレリチアス邸の玄関の扉が、彼女にとっての新たな世界への扉となるのだろう。事前に呼び寄せておいたらしい馬車に乗り込み、そのまま颯爽とアガタ・シャロンは去っていった。すがすがしい姿だった。耳元で反響する彼女の言葉を噛み締める。

——私がいなきゃ、できないこと。

その言葉に思い知る。結局マリオンは、リヒトのことを、何一つ理解していなかったことを。

名前を呼んでくれないことに拗《す》ねて、勝手に耳をふさいで、彼からの言葉に耳を傾けようとしていなかった。

ああ、と顔を覆う。恥ずかしくてならない。リヒトからのあれそれが、ではない。自分自身がいかに子供であったかに気付かされたがゆえの羞恥《しゅうち》だ。

足元で遊んでいたウカが見上げてくる。きゅうんと元気づけるように鳴いてくれる彼に頷きを返し、マリオンは箒を文字通り放り出した。

「行かなきゃ。ウカ、ついてきてくれる？」

きゃん！　とウカが鳴いた。なんて心強いのだろう。さあ行こう、案内は任せて。そう言いたげにマリオンの前に回り込んで駆け出すウカの後に続いて、マリオンも走り出した。

向かう先はもちろん、マリオンの〝金色の王子様〟の元である。

第4章　さあ約束を交わしましょう

持ち前の俊足を活《い》かしてマリオンはストレリチアス邸を駆け抜ける。リヒトの匂いをたどって先導してくれるウカの足は速いが、マリオンだって負けてはいない。スカートがはためくたびに足が危ういところまであらわになるが構ってなんていられるものか。

マリオンは常日頃から、ストレリチアス家息女として立派な淑女でありたいと思っている。だが、淑女である以前に、今のマリオンは一人の恋する乙女なのだ。走れ、走れ、恋する乙女。愛《いと》しい恋する男の元へ。

この屋敷の広さについては、シラノの花嫁候補達を受け入れたときにさんざん思い知らされたものだ。だが、以前以上にその広さがもたらす不便さを教えられることになるなんて思いもしなかった。一歩一歩が歯がゆくてならない。一刻でも早くリヒトに会いたいのに。会って、伝えなくてはならないことが、伝えたいことがあるのに。

「ツウカ！　まだなの!?」

一向に止まる気配のない子狐《こぎつね》に問いかけると、くるりと首だけこちらを向いた彼はきゃう！

と鳴いた。もうすこし！　と言いたいらしい。そしてもう一度、きゅん！　とこちらを鼓舞するように吠《ほ》えてくれたウカに、マリオンは笑った。この子がいてくれてよかった。心底そう思わずにはいられない。

「ありがとう、ウ……きゃっ⁉」

「おっと」

この角を曲がれば中庭に繋がるテラス、というところで何かにぶつかった。きゃう⁉　とウカが声を上げるが、全速力で走っていたマリオンはその声に応えることもできずに身体《からだ》をよろめかせる。

そのまま思い切り尻餅《しりもち》をつきそうになったが、そこをひょいっと腰に腕を回されてすくい上げられる。力強いその腕に「リヒト？」と思わず問いかけた。だが。

「すまない、リヒトじゃないんだ」

「え、あっ叔父《おじ》様！」

心底申し訳なさそうに自分を支えてくれている叔父、シラノの姿に、マリオンは慌《あわ》てて体勢を整えて一礼してみせた。

「も、申し訳ございません！」

「いや、急いでいるんだろう？」

「は、い。はい、急いではいるのですが、あの、叔父様は……？」

マリオンが急いでいるのは確かにその通りだが、シラノはシラノでなんだか随分と疲れている様子である。時刻は夕暮れだ。シラノはそろそろストレリチアス領の領主として、今年の祭司に任命された〝五月女王〟と今晩のマイレースレの結婚式についての話し合いのために、既《すで》に会場に向かっていなくてはならない時間ではなかろうか。

それなのになぜ未《いま》だに屋敷に？　とマリオンが首を傾《かし》げると、シラノは遠い目になった。

「私はレミエル嬢に……まあその、なんだ」

「……もしかして、マイレースレの結婚式に誘われましたの？」

「先日きちんと断ったつもりなんだがね……」

なぜ話が通じないのだろう、と、シラノは力のない空笑いを浮かべる。オフェリヤの気持ちが解《わか》らないわけでもないため、彼女に同情していたマリオンも、さすがに顔を引きつらせた。

そういえばも何もない。オフェリヤはシラノとマイレースレの結婚式に参加する気満々だったが、シラノがマリオンにサファイヤの髪飾りを贈ってくれたあの日に、彼がきっぱりと彼女に『お断り』の言葉を伝えたのだと聞かされている。常に穏やかで、女性相手ばかりではなく基本的に老若男女《ろうにゃくなんにょ》に対して心配になるくらい優しい叔父にしては非常にめずらしく、はっきりと引導を渡したのだとか。

もはやどう見てもチャンスなんてないに違いないシラノの態度に、ここ数日、オフェリヤはすっかり落ち込んでいた。彼女はしばらくストレリチアス邸の客室に閉じこもり切りになっていたかと思うと、一人でふらふらと朝から町に出かけて、そのまま夜になるまで帰ってこない日もあった。

いくら気晴らしのためとはいえ、侯爵家のご令嬢が……！　と、マリオンはそんな彼女をかなり心配していたのだが、なんてことはない。シラノに恋する乙女はマリオンの想定以上に強かった。まだ諦《あきら》めていらっしゃらなかったのね、と、いっそ感心してしまう。

「彼女はそのまま屋敷を出て行ってしまってね、悪いことをしてしま……いや、それよりマリオン」

「はい？」

「急いでいるんだろう？　私に構っている暇《ひま》はないのでは」

「っはい！　申し訳ございません叔父様！　失礼いたしますわ！」

そうだった。こんなところで油を売っている暇はない。きゅん！　とウカが鳴く。急ごう！　というその声に頷《うなず》きを返し、叔父に再び一礼してマリオンは駆け出した。「頑張りなさい」という叔父の優しい声が背中を押してくれる。

――リヒト！

今一番会いたい青年の名前を、心で叫ぶ。いい加減息が切れてきたけれど、そんなことなんてもう気にならない。呼吸よりもずっと胸が苦しいのだ。だからこそその苦しさをばねにして、一歩でも速く。

テラスに飛び込んだけれど、彼の姿はない。ウカがかりかりと中庭への出入り口である大窓をひっかく。そしてもどかしげに、きゅん！　とまた彼は鳴いた。導かれるようにそちらを見《み》遣《や》れば、窓硝子《ガラス》の向こう、中庭のベンチに、彼がいた。ベンチに腰かけて、だらしなく背もたれに完全に身を預けて、ぼんやりと宙を見上げるような角度になって目を閉じていた。見つけたよ、とウカが自慢げにふんふんと鼻を鳴らす。肩で息をしながらマリオンは頷いた。

見つけた。やっと、リヒトを。

こちらには気付いていないらしく、彼は相変わらずぼんやりとしたままだ。いつだって優美な笑みを浮かべて上品な仕草を心がけている彼らしくない様子である。

オレンジ色の夕暮れに浮かび上がるリヒトの濃金色の髪が、きらきらと輝いている。髪と同色の長く濃い睫毛《まつげ》は伏せられていて、その下の瞳がどんな光を宿しているのかはマリオンには解らない。

そっと大窓の取っ手に手をかける。少しだけ開くと、わずかな隙間《すきま》から、初夏の風がテラスに吹き込んできた。ほてった頬を撫《な》でていく心地よい風は、マリオンのことを応援してくれているようだった。

「リヒ……」

「リヒトさん！」

ちょうど、そのとき。マリオンがまだ大窓を開け切らないうちに、リヒトの元へと駆け寄る存在がいた。ロクサーヌだ。きつく縦巻きにした飴色《あめいろ》の髪を、リヒトに買ってもらったのだという黄色いカーネーションの髪飾りで結い上げた彼女は、彼女の存在に気付いて立ち上がったリヒトの前に立ち、見る者をドキリとさせるような魅惑的な笑みを浮かべる。

想定外の登場に固まるマリオンになんて、彼女もまたちっとも気付いていないようで、彼女は「そろそろお時間でしょ？」と続けた。

「さ、リヒトさん。私を会場に連れていってくださいな。マイレースレである私をあなたの〝天の花嫁〟にしてちょうだい？」

断られるかもしれないなんてまったく思っていないことがうかがい知れる、甘ったるい声だった。ぎくりとした。ロクサーヌと向かい合う形になり、結果としてこちらに背を向けることとなったリヒトの表情は当然解らない。どうしよう、と、マリオンはそれ以上大窓を開けることもできずに立ち竦《すく》む。

豪奢《ごうしゃ》に髪を結い上げたロクサーヌは、恋敵であるマリオンの目から見てもやはり魅力的に見えた。期待を込めて自身のことを見上げてくるロクサーヌを前にした今のリヒトは、彼女のことを――いいや、マリオンのことを、一体どう思っているのだろう。

怒っているだろうか。呆《あき》れているだろうか。もう嫌いになってしまっただろうか。

そう思うと手が震えて足が竦んだ。ここまで来てもなお勇気が出せない自分が情けない。そんなマリオンの足に、ふかっと優しいぬくもりが押し付けられる。そちらを見下ろせば、ウカのどんぐりのようにつやつやとした瞳がこちらを見上げていた。彼はすり、すり、と、マリオンの足を撫でるように自らの身体を押し付けてくる。ひとりじゃないよ。ぼくがいるよ。そう言いたげな長男坊の態度に、ハッと息を飲む。

そうだ。一人ではない。独りではないのだ。他ならぬリヒトが、そう言ってくれた。

深く息を吸い込んで、ゆっくりと吐き出す。大丈夫だ。何も恐れることなどない。

――――バタンッ！

大きく力いっぱい、半開きになっていた大窓を両手で開け放つ。老朽化の進む大窓がギイイと悲鳴を上げたが、今ばかりは許してもらうより他はない。

マリオンにとっても想定外の大きな音は、リヒトとロクサーヌにとってはなおさら驚きをもたらすものだったようだ。ロクサーヌと、肩越しにこちらを振り返ったリヒトが、あっけに取られた表情でこちらを見つめてくる。構うことなくマリオンはテラスから中庭へと飛び出し、その勢いでリヒトの前に回り込んだ。

自身とリヒトの間に割り込まれる形になったロクサーヌが「ちょっと」と不快げに眉をひそめて睨《にら》み付けてくる。だがマリオンがそれで怯《おび》えて引くと思ったら大間違いだ。睨み付けられた以上の眼力で睨み返すと、ロクサーヌの方が臆したように後退《あとずさ》る。

「……め、なの」

「はぁ？　何よ」

不覚にも声が震えてしまった。そのせいで気を取り直したロクサーヌが、小馬鹿にするように見つめてきた。だが、負けられない。両手をぐっと握り、今度こそ正面から彼女をしかと睨み付ける。

「だめったらだめ！」

「は、はぁ？」

何がかしら、とでも続けられるはずだったのかもしれないロクサーヌの言葉を断ち切るように、マリオンは叫んだ。

「リヒトは、リヒトは、わた、私のなんだから‼」

だからマイレースレの結婚式に、ロクサーヌと一緒に参加することなんて認められない。ロクサーヌがその瑠璃色《るりいろ》の瞳を大きく瞠《みは》るが、それでもマリオンは彼女の視線を真っ向から受け止めて、確固たる決意を込めて睨み返した。

耳元でよみがえるのは、去り際にアガタが残していってくれた言葉だ。彼女は言ってくれた。リヒトのしたいことは、マリオンがいなくてはできないことだろうと。その言葉の意味を、今改めて噛《か》み締める。

リヒトがしたいことがマリオンがいなくてはできないことであるならば、それはマリオンにとっても同じことだ。マリオンだって、リヒトがいなくては決してできないことがある。リヒトでなくては、意味のないことがある。

そうだ。マリオンの〝金色の王子様《恋人》〟は、リヒト以外に誰もいない。リヒトだけだ。

リヒトがマリオンのことを欲しがってくれるのと同じように、マリオンだってリヒトが欲しい。何一つ残さず欲しくてたまらない。マリオンもリヒトも、きっと同じくらい《強欲》なのだ。いくら《寛容》と言われるマリオンだって、リヒトに関しては《寛容》になんてなっていられない。どこまでも《強欲》に彼のことを求めてしまう。きっとそれが恋というもので、リヒトはそれを理解していたのだろう。けれどマリオンは理解していなかった。だからこそすれ違ってしまったけれど、ようやく理解できた今、もう遠慮なんてするものか。

　名前を呼んでもらえないだとか、そんなことはもはやどうでもよくなっていた。名前を呼んでもらえなくても、マリオンの胸には、自分がリヒトのものであるという自覚と自信が、今、確かにある。ならばリヒトだって、マリオンのものでなくてはならない。そうだとも。リヒトは、マリオンのものなのだ！

「だ、から、だから！　あなたはお呼びじゃないんです！」

「な、何よ！　よく見なさいよ！　私の髪飾りは、リヒトさんに……」

「髪飾りなんて、私からでもいくらだってさしあげます！　でもリヒトは絶対にだめ！　譲れないの！」

興奮のあまりまなじりに涙がにじんでくるのを感じた。ロクサーヌがここぞとばかりに自身の髪飾りを見せつけてくるが、皆まで言わせずにマリオンは重ねて反論する。

マリオンが所持する髪飾りの中で、ロクサーヌが満足できるようなものなんて数えるほどにもない。あの大切なサファイヤの髪飾りだってどこかに消えてしまった。けれど実際にあのサファイヤの髪飾りが手元にあったとして、それとリヒトを天秤《てんびん》にかけられたとしたら。間違いなくマリオンは、ためらうことなく髪飾りを手放してしまえる自信があった。

だって比べ物にならない。比べるべくもない。マリオンにとって、リヒトは何にも代え難《がた》い〝王子様〟――たった一人の〝恋人〟なのだから。

マリオンの剣幕に、気圧《けお》されたようにロクサーヌが後退る。助けを求めるようにその唇が「リヒトさん」と震えた。甘えるような、媚《こ》びるような、すがるようなその声。男がこんな風に女に呼びかけられたら、無条件で降伏してしまうかもしれないと思わせるような声でリヒトに呼びかけ、彼を見遣ったロクサーヌが、なぜか顔を真っ赤にして固まった。えっ？　とマリオンは目を瞬《まただ》かせる。

どうしたのだろう。ロクサーヌの視線の先にはリヒトがいるはずだ。そう、マリオンの背後である。

恐る恐る、マリオンが割り込んでからこの方、沈黙を保ち続けているその背後を振り返る。そして、息を飲んだ。

「リ、リヒ……きゃっ!?」

そこにあったのは、只人《ただびと》とは到底思えない美貌の上に浮かべられた、とんでもなく甘い笑みだった。とろける蜂蜜よりも甘く、輝ける黄金よりもまばゆい、あまりにも美しい、満面の笑み。誰よりも何よりも嬉《うれ》しそうな、喜びをあらわにした輝かしいそれ。

その笑顔に呆然《ぼうぜん》と見惚《みと》れそうになったマリオンの身体に、リヒトの両腕が回される。有無を言わせずそのまま背後から抱きすくめられた。それだけでは飽き足らず、この場において誰よりも〝強欲〟という言葉が似合うであろう青年は、顔を真っ赤にするマリオンを片腕に閉じ込め直し、空いた片手でマリオンのあごを持ち上げる。そのままマリオンは、上を向かせられた状態で、背後に立つ美貌の青年により、抗《あらが》うこともできずに唇を奪われた。

「んっ!?　んんんんん〜〜！」

情け容赦《ようしゃ》のない口付けだ。抵抗しようにもどうしようもできずに唸《うな》るように悲鳴を上げるマリオンの唇をひとしきりむさぼったリヒトは、マリオンの息が限界を迎えようとしたその直前で、ようやく解放してくれる。

彼のことを責めるよりも先にただただぜぇはぁと肩で息をするしかないマリオンを片腕に抱いたまま、にっこりとリヒトは笑った。

「だから申し上げたでしょう。鼻で呼吸する方法を学んでおいてくださいねと」

「な……っ！　桶《おけ》に水を張って練習しろとでも言うの!?」

「そうではなく。それこそ、僕と練習すればいいではないですか」

こうして、口付けで。そう恥ずかしげもなく言い放ち、ちょん、とリヒトは指先でマリオンの唇をつつく。

赤くしたり青くしたりと顔色を忙しくさせてあうあうと唇をわななかせるマリオンをやはり抱き締めたまま、リヒトがちらりと視線を持ち上げる。その先には、顔を真っ赤にしたロクサーヌがいた。

「おひぃさまの仰《おっしゃ》る通り、何分、こういうわけなので。申し訳ありません、ロクサーヌ様」

「～～この髪飾り！　あなたが買ってくれたんじゃない！」

「おや、まだお気付きでないと？」

マリオンとリヒトの熱烈な口付けを見せつけられてもなお、ロクサーヌはリヒトのことが諦め難いらしい。自らの髪を結い上げている髪飾りを示して叫ぶ彼女に、リヒトはわざとらしく小首を傾げてみせた。

「友情……とはよく知られていますがね。他には軽蔑。嫉妬。失望。そして拒絶」

くつくつと喉を鳴らしたリヒトは、ぴっとその長い人差し指を立てた。続けて二本、三本と、重ねて指を立てていく。最後の『拒絶』という言葉とともに片手すべての指を立て、完全に手を開いた形になったリヒトは、マリオンに向けたものとはまるで異なる、冷ややかな目でロクサーヌを見つめた。

「すべて、黄色いカーネーションの花言葉です。あなたはその髪飾りが最も高価だからと選ばれたようですが、高価なのは当たり前ですよ。あの露店の店主はそれを売る気がなかったんですから。高値を付けたのはその細工の技術が確かなものであるからこそで、ただの人寄せの意味合いだったのでしょうね」

「そ、れ、って」

ロクサーヌが唇をわななかせる。ようやくリヒトの言いたいことが理解できてきたらしい。唇どころか全身を震わせ始めた彼女のことを、恋人を腕に抱いたままの青年は、哀れむように瞳を眇《すが》めた。

「こんな花言葉を冠する花の髪飾りをマイレースレの結婚式で身に着けるなんて、よっぽどの物好きか、あるいはよっぽどの馬鹿でしかありません」

わざとらしく溜息《ためいき》を吐くリヒトの仕草、その一つ一つは大層優雅で美しいが、同時にどこまでも皮肉めいていて嫌味でしかない。

真っ赤だったロクサーヌの顔色が、沸点を突き抜けていっそどす黒いとすら表せそうなくらいのすさまじいものになる。リヒトの腕の中でひえぇぇぇぇとマリオンが身体を震わせると、リヒトが甘く微笑《ほほえ》んで「寒いんですか？」などと問いかけながら空いていた片腕ももう一方と同様にマリオンの身体に回してくる。

ぎゅうと抱き締められる形になったマリオンと、マリオンを抱き締めるリヒト、両方のことを視線が刃《やいば》になるならばずたずたに切り裂いていたに違いないような目で睨み付けたロクサーヌは「なによもう!」と叫んだ。そのまま足音も荒く走り去っていく。マリオンは遠ざかる彼女の後ろ姿を、リヒトの腕の中から見送ることしかできなかった。

何はともあれ、嵐は去ったらしい。ほっとした途端に、がくがくと膝《ひざ》が笑った。すとんとその場に座り込みそうになるが、リヒトが抱えていてくれるおかげでなんとか立っていられる。

「大丈夫ですか?」

「え、ええ。ありがとう、リヒト。それからウカもね」

ここまで案内してくれたのよ、とマリオンが言い添えると、おや、とばかりにリヒトが器用に片眉を持ち上げる。

「小僧っ子、今夜の食事は期待していいですよ」

その言葉に、ウカがきゃん!と嬉しげに吠え、リヒトとマリオンの周りをぐるぐると駆け回る。微笑ましい姿に思わず笑みをこぼしつつ、マリオンはもぞ、と身をよじった。

「あの、リヒト」

「はい」

「そろそろ放してほしいのだけれど」

「嫌です」

即答だった。解放してくれるどころかますます両腕の力を強くして抱き締めてくるリヒトに、マリオンはさらに身じろぎするが、すべて無駄《むだ》な抵抗に終わる。

上を向いて抗議の視線を向けてもまったく響いた様子はない。それでも諦め難く、なお、むぐぐぐ、と、なんとかリヒトの腕から逃れようとするマリオンに、彼は現在進行形でとんでもない腕の力を発揮しているとは思えないすまし顔で続けた。

「肝心な言葉を聞いていません」

「え？」

「僕に言いたいことがおありなのでしょう？」

さあどうぞ、と、マリオンを抱き締めたままリヒトは笑う。ちょうどマリオンの腹の上で両手を組み、信じられないほどに甘い笑みで見下ろしてくる〝王子様《恋人》〟に、マリオンは口いっぱいにきらきら輝く砂糖菓子を詰め込まれたような気分になった。甘くとろけるとびっきりの砂糖菓子だ。

ここまでお膳立てしてもらって何も言えないだなんて、それこそ女がすたるというものだろう。ごくりと生唾を飲み込んで、背中にリヒトのぬくもりを感じながら、彼の顔を見上げる。腹の上にある彼の手に恐る恐る自らの両手を重ねて、マリオンは乞う。

「私と、マイレースレの結婚式に、参加してくれる？」

その言葉に、マリオンの〝金色の王子様〟は、それは美しく笑みを深めた。

「ええ、喜んで。僕のお姫様」

きっとこれが、お互いに待ち望んでいた言葉のやりとりだった。

ふふ、とどちらからともなく笑い合い、そしてその唇が重なろうとした、そのときだ。

「マリオン！　リヒト！」

「はっはい!!」

「〜〜っの、またかよ!!」

いいところで、と顔を凶悪に歪《ゆが》めるリヒトの腕から抜け出して、マリオンは、こちらへとらしくもなく険しい表情で走ってくる叔父の元へと駆け寄る。

てっきりもう屋敷を後にしてマイレースレの結婚式の会場となる川辺へと向かっているとばかり思っていた叔父がなぜまだここにいるのかが不思議だった。まあストレリチアス家に生まれた者にお約束の不運と災難によりまだ屋敷を出発できていないだけだと言われればそれまでであるし、十分納得できる理由ではある。

だがシラノの表情は、そういうわけではなさそうだった。彼の後ろをゆっくりとついてきたセヴェリータの姿を認めつつ、マリオンは首を傾げる。

顔を突き付け合うなり、シラノは「これを見てくれ」とその手に持っていた一枚の紙をマリオンへと示してみせた。反射的にそれを受け取って紙面に目を滑らせたマリオンの顔色が、見る見るうちに青ざめていく。

紙面に記されていた内容は、信じられない、信じたくないものだった。

「レミエル様が、さらわれた……？」

呆然と呟《つぶや》くと、シラノが「そういうことらしい」と、険しい顔で頷く。

マリオンはめまいを感じてその場に座り込みたくなったが、なんとか耐えた。シラノが持ってきた紙切れは、一言で言えば『脅迫状《きょうはく》』である。

曰《いわ》く、ストレリチアス家領主の婚約者である、ウィステリアータ家の娘を拉致《らち》させてもらった。無事に返してほしければ、金貨百枚を用意して領主邸裏の森の小屋まで持ってくるように。騎士団に通報すれば、娘の命はないと思え、とのことだそうだ。

「金貨百枚なんて、そんな大金が当家にないことくらい解り切っているのに！」

金貨一枚すらとんとお目にかかっていない。忘れかけていたが、リヒトとの賭けにおける金子《きんす》だって金貨十枚だ。金貨百枚と言えばその十倍である。逆立ちしたってストレリチアス家には用意することなんて敵《かな》わないとんでもない大金である。

良家の子女であり、魔法使いでもあるオフェリヤにはそれ以上の価値があると言われたのだとしても、現実問題として無理なものは無理だ。

「ああ、まったくだ。ストレリチアス領の住民ならば誰もが当家の困窮ぶりは理解しているはずなんだが……それでもこちらが用意せずにはならないほど、レミエル嬢が当家にとって重要人物であると思われているようだね。確かにウィステリアータ家を敵に回すのは得策ではないが……それにしても……」

どうして、とシラノが首をひねる。基本的に人を疑うということをよしとしないシラノにすら、この事件は何かがおかしいらしい。

マリオンとて同じ疑問が胸にあった。シラノの花嫁候補であるオフェリヤの顔は、確かに先日町に出かけたことである程度は知られている。だが、それはあくまでもあの町の中だけの話であり、そもそもオフェリヤの出自について知る者はいないはずだ。彼女が自らの身の上をとくとくと語りでもすれば話は別だが、そんな真似を本人がする理由はないだろう。たとえ問いかけられたとしても、名前を秘匿《ひとく》しなくてはならない魔法使いたる彼女がそうそう簡単に口を割るはずもない。

そうだ、そもそも彼女は魔法使いだ。誘拐《ゆうかい》されるにあたって、抵抗することなどたやすいはずだろう。

「我が領民が誘拐なんて真似をするとは到底思えないんだが……」

「ええ、叔父様。私もそう思いますわ。ですが、先達《せんだつ》て展望台で襲撃された件もありますし」

「ああ、あの件はまだ宙に浮いたままになっているからね。全員捕縛されたはずだが、残党がレミエル嬢をさらったのか……？」

我が領民が？　と首をひねるシラノに続いて、マリオンもうーん、と首を傾げる。ストレリチアス領の領民は、領主の人柄を映したように温厚かつ鷹揚《おうよう》、そして寛容であるとは、以前にも述べたことであったか。とはいえ誰もが一様にその通りであるのかと言われれば断言することはできないものはある。その例外による犯行か、もしくは外部の人間によるものか。確かにマイレースレの結婚式に合わせて他領から観光に来る人々もいるが……しかしそんな人々がわざわざ旅先でこんな大それた犯罪を起こすとも考えにくい。

考えれば考えるほど不審な点が目立つ誘拐だ。うーん、と首をひねったマリオンだったが、ふと最近のオフェリヤの行動を思い返し、まさか、と口を開く。

「もしかして、最近頻繁《ひんぱん》にレミエル様が町に出かけていらしたからでしょうか。その際にまた新たに目を付けられたのかも……」

失恋の痛手により、オフェリヤの口がうっかり滑って、悪い輩《やから》にかどわかされるきっかけを作ってしまったのかもしれない。

そうでなくても、オフェリヤの身なりはこの辺りでは見かけない、洗練された上流階級のものだ。よくない考えを抱《いだ》いた者達が、彼女の身辺を調べ、こうして犯行に及んだ挙句にこの脅迫状を送り付けてきた可能性も考えられる。

マイレースレの結婚式において、騎士団はあちこちの警備に追われることとなる。ようは全体としての警備は手薄になるのだ。そんな中でふらふらと一人で町を歩く、明らかに良家の子女と解るオフェリヤがいたとしたら。となるとこの事件は、起こるべくして起こったのだと言われても無理はない。

どうしましょう、とシラノを見遣ったマリオンは、彼の決意が宿るまなざしに息を飲む。嫌な予感がした。そして遅ればせながらにして、自らの失言に気付く。オフェリヤが町に出ていた、その理由。それは間違いなく、シラノに振られてしまったからだ。そのことを、目の前の叔父が、理解してしまったら……と、マリオンは先ほどとは別の意味で顔を青ざめさせる。

「あの、叔父様」

「ならば、私が責任を取らなくてはならないね」

「叔父様!?」

シラノの口から飛び出した予想通りの言葉に、マリオンは悲鳴混じりに叫ぶ。そんな、となんとか彼のことを止めようにも、シラノは穏やかに微笑みを返してくるばかりだ。

「私が彼女を追い詰め、その結果かどわかされたというならば、私は彼女を必ず救い出さねばならない。そうだろう?」

そうですね、その通りですわ。なんて言えるわけがない。けれど既に決心してしまっているらしいシラノを、一体どうやって止めたものだろう。穏やかで、優しくて、だまされやすくて押しに弱い叔父だが、いざというときの強情さはストレリチアス家一と言われてきた叔父だ。

マリオンのつたない言葉で止められるとは到底思えない。

だがだからと言ってこのまま叔父を送り出すことなんてできるわけもなく、なんとか言葉を探すマリオンの両肩に、ぽん、と左右から異なる手が置かれる。

「そんな必要はないと思いますよ」

「ああ、旦那様が手をわずらわせることなどないだろう」

右からリヒトが。左からセヴェリータが。それぞれマリオンの肩に手を置いて、冷ややかにそう言い切った。えっ？　ときょろきょろと趣《おもむき》の異なる金と青の美貌を見比べるマリオンに、リヒトが頷き、セヴェリータが目配せしてくる。ここは任せろ、ということらしい。

「どう考えてもおかしいでしょう。ほら、ここをよくごらんください。旦那様の『婚約者』なんて、まだ決まってもいないのに、どうしてこのお手紙の送り主はそう断言しているのでしょうね？」

「ウィステリアータの娘、あれはそれなりに腕の立つ魔法使いなのだろう？　旦那様がわざわざ出向かずとも、自力で脱出できるはずだ。相手にも魔法使いがいるならば話はまた別だが、そんな大きな魔力が行使された気配は感じなかったぞ。下手《へた》に旦那様が動く方があの娘を危険にさらすことになるかもしれない」

「だ、だが、しかし万が一……」

リヒトとセヴェリータによるもっともらしい説得に、シラノの瞳にあった決意の光がゆらぐ。それでもなお私が、と言い連ねようとする彼に、二人の《罪源》はきっぱりとかぶりを振った。

「だがもしかしもありません。さっさと騎士団に通報しましょう」

「いくらマイレースレの結婚式と言えど、自警騎士団も領主ご本人からの要請を無下《むげ》にしようとはしないだろう。わざわざ旦那様が向かうよりもよほど建設的だ。救助の間は、自分と腹も満たそうじゃないか。自分は腹が減ったぞ」

息ぴったりにシラノの反論を封じていくリヒトとセヴェリータの姿は実に頼もしい。だがしかし、二人の言う通りに騎士団に通報して、それだけで本当にいいのだろうか。魔力の行使の気配は感じなかったとセヴェリータは言うが、以前リヒトが言っていたではないか。魔力の認知は簡単なものではないと。リヒトとセヴェリータが最高位の魔法使いであるからこそ気付けなかった、小さな魔力の行使がなかったとは言い切れないのではないか。その細い糸のような魔力の行使に、オフェリヤは絡《から》めとられてしまったかもしれない。

――――だとしたら。

「私がまいりますわ、叔父様!」

「マリオン!?」

「……おひぃさま?」

「ほう、お嬢。どうした?」

マリオンが勢いよく挙手すると、シラノは驚きをあらたに銀灰色《ぎんかいしょく》の瞳を見開き、リヒトは呆れたように濃金の瞳を眇め、セヴェリータは面白げに深い青の瞳を細める。

三者三様、それぞれの趣が異なる視線にさらされながら、マリオンはこくりと頷きを返した。

「リヒトとベルゼブブさんの言うことはごもっともですが、叔父様のお考え通り、万が一ということもあります。騎士団に通報することは望ましくないでしょう。とはいえ金貨百枚なんて無理ですし、ストレリチアス家当主である叔父様が直接賊の元へ向かうなんてとんでもございません。ここは私が、必ずレミエル様を助け出してまいります！」

挙手した手を胸に引き寄せ、ぐっと拳を握り締める。シラノが困り果てたように眉尻を下げ、マリオンのその拳を両手で包み込む。

「気持ちは嬉しいがね、マリオン。お前にそんな危険な真似をさせるわけには……」

「あら叔父様。私、ストレリチアス領騎士団の誰よりも強い自信がございましてよ」

「…………」

何せ去年催されたストレリチアス領における武術大会において、マリオンは見事優勝を果たしている。ド田舎《いなか》における小さな大会ではあったが、出場した者の中には騎士団でも指折りの実力者だっていた。そんな彼らを愛用のパラソルで、中棒に封じられたオリハルコンの刃を抜き払うこともなく叩《たた》きのめしたことは、未だ記憶に新しい。

にっこりと笑ってみせると、マリオンのその武術大会における賞品であった小麦半年分を抱える雄姿を思い出したのか、シラノは声にならない声で唸った。反論が見つからないらしい。

「い、いや、マリィ、お前を行かせるくらいならばやはり私が……！　自慢ではないが、私だって剣の腕には覚えが」

「それは存じ上げております。ですが、だからこそ叔父様は最終兵器としてどーんと構えていてくださいませ。領主がそう簡単に最初から矢面に出るものではありませんわ」

「いやそれおひぃさまだって似たようなものでしょう。領主一族の令嬢が出張《でば》るなんて聞いたことありませんよ。……まあ、僕がいますけれど」

頭痛を抑えるように眉間《みけん》を押さえながら、実に遺憾だと言いたげにリヒトが突っ込んでくる。前半のセリフはさておいて、最後に付け足された彼のそのセリフに、マリオンは笑った。

「あら、ついてきてくれるの？」

「当然です。極めて不本意ではありますが」

「ありがとう、リヒト。そういうところも好きよ」

「……それでごまかされると思ったら大間違いですからね」

「え？」

ごまかすとは何のことだろう。どういう意味？　と首を傾げると、リヒトはぐっとその薄い唇を噛み締めて言葉を詰まらせた後、なんとも言い難い『変』な顔で、「もういいです」と吐き捨てた。その様子を見たセヴェリータが「《強欲》の魔法使いもお嬢の前では形なしか」とくつくつと喉を鳴らしている。「うるせぇほっとけ！」と言葉尻荒く顔を背《そむ》けるリヒトに、ますます首を傾けても、誰も答えてはくれなかった。唯一シラノが「リヒトがいるならば安心か……いやしかし……」と未だに悩んでいる。

だから大丈夫だと言っているのに。そんなにも私は信頼がないのかしらとちょっぴりしょんぼりすると、すり、と足元にふかふかのぬくもりがすり寄ってくる。そちらを見下ろせば、どんぐりのような瞳とばっちり視線がぶつかった。きゃん！　と凛々《りり》しく吠えるストレリチアス家の長男坊にしてマリオンの大切な騎士でもあるウカの姿に、彼を抱き寄せて鼻先に口付ける。

「ウカも一緒に戦ってくれるのね？　ありがとう、ウカのこともちろん大好きよ！」

「おひぃさま、小僧っ子だけ贔屓《ひいき》はよくないと思うのですが」

「え、あ、その」

すかさずウカを取り上げてリヒトがこちらの顔を覗《のぞ》き込んでくる。思ってもみなかったツッコミにマリオンが顔を赤らめると、そんなマリオンを庇《かば》うように横からさっと自らの元に引き寄せてくれたセヴェリータが、にやりとリヒトに笑いかける。

「男の嫉妬は見苦しいぞ、マモン」

「うるせぇな。こっちは大真面目《おおまじめ》なんだよ」

「ああ怖い怖い。旦那様、助けておくれ」

ささっとマリオンごとシラノの後ろに隠れるセヴェリータに、リヒトが凶悪な表情で憎々しげに歯噛みする。

こんなことをしている場合じゃないのに、と慌てるマリオンと同じ気持ちだったのか、ゴホン、と大きめに咳払《せきばら》いをしたシラノがマリオンの方を振り返った。

「と、とにかく。ならばマリオン。お前に、レミエル嬢のことを任せてもいいだろうか」

「はい、叔父様。必ずや全員無事の姿をごらんに入れてみせますわ」

深く頷くマリオンの姿に、シラノの瞳がまぶしげに細められた。ぽす、とその手をマリオンの頭の上に乗せたシラノは、しみじみと頷いた。

「お前は本当に強く、そして美しくなったね。あの小さかった女の子がよくぞここまで……ふふ、リヒトのおかげかい？」

「えっ⁉」

「さすが旦那様、よくお解りでいらっしゃる」

「ちょっとリヒト⁉」

ぐっと親指を立てて頷きを返すリヒトに、マリオンは顔を赤らめる。睨み付けても優美に微笑み返されるばかりで、まるで掴《つか》めない雲を相手にさせられているような気分になる。

もう！　とマリオンは肩を怒らせる。そんなこちらをなだめるようにぽんぽんとさらに頭を撫でてくるシラノに、セヴェリータがぴたりとくっつく。

「お嬢ばかりずるいではないか。旦那様、自分のことも撫でておくれ」

「え、あ、ベル、それはその……」

「なんだ。獣の姿のときは、頭ばかりではなく、あんなところやそんなところまで撫でてくださったのに？」

「あああああ、その、それは申し訳ないと思っていてだね……！」

「責任は取ってくれるのだろう、なぁ旦那様？　ああ、そうだ、だから自分は腹が減ったと言っただろう。一緒に食事を摂ろうじゃないか。もちろん、互いの手で」

「〜〜〜〜っ！」

マリオンもシラノも別の意味で心を忙しくされる余談もあったものの、かくしてマリオンがリヒト、そしてウカとともに、オフェリヤを救出するために出向くことが決定したのだった。

＊＊＊

シラノとセヴェリータをストレリチアス邸に残し、マリオンは愛用のパラソルを片手に、リヒト、ウカを引き連れて、屋敷の裏手に広がる森へと足を踏み入れた。

初夏を迎えて日が長くなってきたとはいえ、既に太陽はほとんど沈み、森には夜のとばりが落とされようとしていた。時は黄昏《たそがれ》。空は薄紫から濃紺へと移り変わりつつあり、同時に薄暗くなろうとしている森は、何かと危険があるからと、森の管理を任されている亜人族以外の領民には出入りを禁止している区域である。ストレリチアス邸は、獣の棲《す》む森と人間の住む町の境界として現在の場所に位置しているのだ。

「……さすがにこの時間の森は不気味ね」

幼いころは領民同様に禁止されていたが、成長してからというもの、誰かと一緒であれば立ち入ることを許されていたマリオンは、森には慣れているつもりだった。当然、オフェリヤが囚《とら》われているのだという森小屋の場所だって頭の中の地図にしっかり記されている。普段木の実や食べられる野草を求めてリヒトや森の管理人とともに歩き回る森は、夜の忍び寄るこの時間帯においては、マリオンの知らない世界を作り上げていた。

森小屋へと足を進めながら、寒くもないというのに思わずぶるりと身体を震わせる。自慢ではないが、おばけは大の苦手だ。この手に持ったパラソルで物理的に対応できない相手に忍び寄られたら、なんて、想像だけで怖くなる。パラソルで殴ってどうにかなる相手ならば、何も恐れることなどないのに。黄昏時と言えば、ちょうど現世と常世《とこよ》の境界があいまいになる時間だ。もしかしたらその木の陰に……と、自らの想像にびくついてしまう。

「大丈夫ですよ。どんなおばけが出ようと魔物が出ようと、僕の敵ではありません」

マリオンがおばけを苦手としていることを理解してくれているリヒトが、隣を歩む足を止めないまま、そっと肩を引き寄せてくれる。

「べ、別に、怖くなんてないわ！」

「さようですか？　僕は転移術で一足先に森小屋へ向かってもいいんですが。おひぃさまには森に潜んでいるかもしれない賊の退治を小僧っ子とともにお任せしましょうか？」

「!!」

そういえばそうだった。こんな風にえっちらおっちら歩いて森小屋に向かわなくても、リヒトほどの魔法使いならば、森小屋まで一瞬だ。それをしないのは、リヒトの言う通り、森に誘拐犯の仲間達が潜んでいるかもしれないから、というのもあるし、相手方に魔法使いがいるかもしれない、という可能性を踏まえてだろう。

オフェリヤだけ無事に助け出せたとしても、後からその賊達がストレリチアス邸に押し寄せてくるかもしれない。マイレースレの結婚式に沸くこのストレリチアス領に、そんな厄介な騒ぎなど招きたくはない。最適解は、やはりこうして森小屋に徒歩で向かい、直接オフェリヤを助け出すことなのだ。

ゆえに、リヒトが『自分だけ先に向かう』と言っているのはただの意地悪だということは解っている。解っているのだがしかし、ひゅるりと日が暮れて冷たくなった風に頬を撫でられて思い切り身体をびくつかせたマリオンは、涙目になってリヒトの袖を掴《つか》んだ。

「お、置いていかないで。お願い」

「もちろんですよ、おひぃさま。ほら、お手をどうぞ」

「……ありがとう」

当たり前のように差し出された手に、自らの手を重ねる。自然と手を繋《つな》ぐ形となり、気恥ずかしさはもちろんあったけれど、それ以上に安堵《あんど》の方が大きく勝《まさ》った。白く繊細な、けれどマリオンよりも明らかに大きくて力強い手が、マリオンの手を包み込んでくれる。それだけでどんなおばけが現れたって平気だと思える自分がいた。

きゅっとリヒトの手を強く握り返し、もう一方の手でパラソルの持ち手を握り直す。待っていてください、レミエル様。そう決意を込めて内心で呟いたマリオンは、不意にカチン！と固まった。

既に森小屋は遠目にではあるがその姿を木々の隙間から現している。あと少しなのだ。想定していた賊の襲撃もなく、このまま問題なくオフェリヤを、と、それだけであることは解っているというのに、足が動かない。

突然足を止めたマリオンに、リヒトが数歩遅れて立ち止まり「おひぃさま？」と肩越しに振り返ってくる。足元のウカもきょとんと小首を傾げて見上げてくる。どうかしたのかと瞳で問いかけてくる一人と一匹に、マリオンは震えながらパラソルを持つ手を持ち上げた。

「あ、あれ……」

「あれ？」

リヒトがマリオンが指し示した方向へと視線を向ける。きゅん？　とウカもそちらを見遣った。

「お、おば、おばけ！　いやー!!」

マリオンの悲鳴が響き渡る。そう、森小屋の周辺の木々の陰から、次々に、よろ、よろよろ、と、背を折り曲げた影が現れたのだ。

薄暗い森の中でぼんやりと浮かび上がる黒いそれらの影は二つや三つどころではない。軽く十、いや二十を超えている。ふらふらと左右に揺れながら、一歩一歩こちらへと近付いてくる姿は、さながら古い怪談に登場する幽鬼のようだ。どう見ても人間ではない。あんな動き、普通の人間にはできない。となれば当然相手はおばけだ。

「やだ、おば、おばけ、おばけが……！」

「おひぃさま、大丈夫です。僕がいるでしょう？　落ち着いてください」

真《ま》っ青《さお》になって震えるマリオンを、リヒトが背に庇ってくれる。彼の背中に反射的にすがりつくと、そんなこちらを満足げに見下ろした青年は、その白い手を影達へと向けた。金色の光がほとばしり、手のひらの上で輝く球体が編み上げられる。

「ほらよ」

その光の球体を、リヒトは上空に向かって大きく投げた。放り投げられた球体はそのまま高い位置で停止したかと思うと、一拍置いて、カッ!!　と、鮮烈な光とともに大きくはじける。

そしてその光は何筋もの稲妻のように宙を裂き、『おばけ』達を天から貫く。

金色の光が森を照らし出す。そのまばゆさに思わず目を閉じたマリオンは、「おひぃさま」というリヒトの呼び声に、恐る恐る目を開ける。

「ほら、おひぃさま。よくごらんください」

「え……？」

「おばけではありません。どいつもこいつも皆、立派な人間ですよ」

「……！」

リヒトの言う通りだった。リヒトが放った光により、『おばけ』達がまとっていた黒い影が剥《は》がれ落ちたようだった。よくよく見てみれば、彼らはただ黒い影——もとい、黒い外套《がいとう》をまとっていた、ただの……そう、本当にただの、どこにでもいる、ストレリチアス領の住民であるようだった。

彼らの外套は、金色の光によってすべて燃やし尽くされてしまったらしい。だが、彼ら自身が傷付いた様子はない。本人を傷付けず、その衣服だけを消滅させる。それがどれだけ高い技術と魔力を要する魔法であるのか、考えるだけでも恐ろしいほどだった。そんな魔法を何の詠唱もなしに片手間に行使してみせた、かつて《強欲》の魔法使いと呼ばれた青年は、「なるほど」と小さく呟く。

「リヒト？」

どうかしたのかとマリオンが問いかけると、彼はなんとも不快そうに顔を歪め、未だにふらふらとしながらもこちらへ向かってこようとしている賊と思われる人々を見遣る。濃金の瞳が、すぅっと冷ややかに細められた。まるで何かを見通そうとしているかのように——いいや、彼には本当に、マリオンには見えない何かが見えているのだろう。思わずごくりと息を飲むと、リヒトは「やらかしやがったな」と吐き捨てて、哀れむように『おばけ』もどきの彼らを見つめる。

「操られていますね」

「え？」

「魔法使いにおける禁じ手、禁呪の一つである精神支配。先達ての展望台における襲撃者達も同じ口でしょう。今回の黒幕は、随分と悪趣味でいらっしゃるようだ」

これ以上ないほどに冷ややかな声音だ。魔法使いであるリヒトにとって、その『黒幕』とやらがやらかしたこと、その精神支配という魔法は、随分許し難いことであるらしい。

操られている、なんて、何のために？　そうマリオンが問いかけようとしたとき、ウカがきゃん！　と吠えた。その声にハッと息を飲む。気付けば『おばけ』もどきの一人が、すぐそばまで迫っていた。その手に、大きな鍬《くわ》を持ち、マリオンに向かって振り上げてくる。

「っあっぶないわね！」

リヒトと繋いでいた手を放し、パラソルでその鍬を受け止める。

すさまじい力だ。相手の『おばけ』もどきは、老齢の男性であり、いくら農作業で身体を鍛えているのだろうと仮定したとしても、マリオンの敵ではないはずだ。それなのに、今、こうして、押し負けそうになっている。

「ッ！」

全力で彼の鍬をパラソルで押し返し、相手の不意を突いて後ろへと飛びすさる。ゆらりと動いてなおこちらへと向かってくる男性の懐《ふところ》に自分から飛び込んで、マリオンはパラソルの腹で、彼のみぞおちを大きく払う。

「ごめんなさい！」

手加減したので骨が折れるようなことはないだろうが、それでも当分は痛みに苦しむことになるだろう。申し訳なさに心が痛んだ。

操られているだけだというならば、彼のことを……いいや、彼ばかりではなく、彼に続いてそれぞれ手に持った武器とともに向かってくる他の『おばけ』もどきの人々のことだって傷付けたくはない。だが、夜目でもそうと解るほどに、彼らの瞳には光がない。あの展望台における襲撃者達と同じだ。話が通じる相手ではない。ならば無理矢理にでも彼らを大人《おとな》しくさせ、オフェリヤを助け出し、リヒト曰くの『黒幕』を叩きのめしてみせる。

「リヒト！　ウカ！」

「お任せください」

粛々《しゅくしゅく》としたリヒトの返事に続いて、きゃん！　と勇ましくウカが吠える。

そうして、マリオンによる切った張ったの大立ち回りが始まった。次から次へとマリオンを狙って襲ってくる『おばけ』もどきの人々を、パラソルで突き、殴り、薙《な》ぎ払う。

戦士として訓練されているわけでもなく、自らの意思すらもない彼らは、誰も彼もがマリオンの敵ではない。ただ問題は、彼ら自身には罪がないのだからと手加減せずにはいられないために普段ならば一発で地面に沈められるところが今回はそうはいかないこと、そしてそればかりではなく、彼らは痛みを感じていないかのように、一度ぶっ飛ばされてもなおもマリオンに襲いかかってくることだろう。

だが、マリオンは一人ではない。リヒトがいる。ウカがいる。マリオンがいったん吹き飛ばした相手を的確にリヒトが魔法によって縛り上げ次々に地に転がしていき、マリオンの死角を狙ってきた相手にはウカが地を蹴《け》って飛びかかり気を逸《そ》らしてくれる。

そのおかげで、マリオンは何の心配もなく、ただ目の前の『おばけ』もどきを相手取ればよかった。あえて言うなれば、自身の罪悪感に目をつむるのが一番辛《つら》いとすら言える状況だった。

そして、いよいよ。

「これで、最後！」

二十人以上を相手取らされてさすがに肩で息をしているものの、マリオンは目の前の最後に残った商人と思われる男性の頭にかかと落としを食らわせて、スタッと見事な着地を決めた。

地面にずしゃっと崩れ落ちた男性の元に、リヒトが放った魔法で編み上げられた金色の狐が駆け寄って、その身体を一本の長い縄へと変じさせ、彼のことをぐるぐる巻きにする。

そう、これで本当に最後だ。

「つっかれたぁ……」

「お見事でした」

「ありがとう。リヒト、あなたこそお疲れ様」

ぱちぱちと拍手をしてくれるリヒトに苦笑して、マリオンは大きく息を吐き出す。いくら一人一人の実力は大したものではなかったとはいえ、二十人以上はさすがのマリオンもきつかった。パラソルで身体を支えながら肩で息を繰り返していると、てしてしてしっと地面に積み上げられている『おばけ』もどき達に追い打ちをかけていたウカが駆け寄ってきてきゅん！ と鳴く。マリオンは額《ひたい》に浮かんだ汗を拭《ぬぐ》ってから彼のことを片手で抱き上げた。

「ウカもありがとう。あなたのおかげで助かったわ」

優しくその頭を撫でてやると、嬉しそうにウカはすり寄ってくる。ふふ、と笑みを返し、再び彼を足元に放ってから、マリオンはいよいよ、森小屋が位置する方向を見遣った。

先ほどまでの喧騒《けんそう》が嘘《うそ》のように静まり返った森の中、森小屋は何も言わずにそこに在る。

「レミエル様は、あそこにいるはずね」

行きましょう、と改めてパラソルを持ち直す。リヒトが頷き、ウカが我先にと駆け出した。マリオンもまたその後を追う。「おひぃさま、もう少し慎重に」というリヒトの声が追いかけてきたような気がしたが、それよりも気が急《せ》いてならない。

オフェリヤはきっと、さぞかし恐ろしい思いをしているはずだ。災厄に慣れているマリオンならばともかく、たおやかでしとやかな淑女である彼女は、きっと怯え震えていることだろう。急がなくちゃ、と、駆けたマリオンは、森小屋にたどり着いたかと思うと、問答無用で扉を蹴り開ける。

――――バァンッ!!

古い森小屋の扉は、哀れにも砕け散った。リヒトが「おひぃさま……」と呆れたように溜息を吐いていているようだったが気にしている場合ではない。

「レミエル様！」

森小屋にそのままの勢いで飛び込んだマリオンは、狭く暗い森小屋の中を見回した。そして見つける。オフェリヤが、森小屋の片隅で座り込み、深く俯《うつむ》いて震えている。

他に誰もいないことを確認しながら彼女の元に駆け寄ったマリオンは、パラソルを横に置いて、オフェリヤの顔を覗き込もうと身をかがめた。

「よかった、レミエル様！　ご無事で……っ？」

いらっしゃいますか、と、そう続けるつもりだったのに、それ以上言葉を発することができなかった。オフェエリヤの葡萄色《ぶどういろ》の瞳が、憎悪に燃えてこちらを睨み付けていたからだ。

すさまじい怒りを湛《たた》えた瞳の前に凍り付いていると、するりと立ち上がったオフェリヤが、ドンッと突き飛ばしてくる。後方にたたらを踏んだマリオンを、リヒトがさっと支えてくれた。ウカがグルルルと唸りを上げる。そんな二人と一匹をなおも睨み付けて、オフェリヤは叫んだ。

「どうしてあなた達なの!!」

悲鳴ではない。明らかな憎悪と非難を浮き彫りにする怒声だった。あまりの勢いに圧倒され、何一つ言葉が出てこない。マリオンを背後から支えてくれているリヒトがその整った眉をひそめた。

オフェリヤの言葉の意味が理解できなかった。何が『どうして』なのだろう。期待外れだと怒り狂っているかのようなその声は、何を意味しているというのか。

戸惑うことしかできずに呆然としていた、そのときだ。

「マリオン！　リヒト！　そこにいるのかい!?」

シラノの声が聞こえてきた。森小屋の外からだ。まさか、というよりも、やはり、とマリオンはその声に納得してしまう。あのお人好しでマリオンのことを大層かわいがってくれている叔父が、いくらリヒトとウカが一緒にいるとはいえ、マリオンを戦場に送り出して、そのまま自分だけ安全なところにいるなんて真似ができるはずがない。おそらく、いいや、確実に、心配のあまり結局ここまでやってきてしまったに違いない。

叔父様、ここです。そう叫び返そうとしたが、それは叶わなかった。リヒトごとマリオンを突き飛ばしたオフェリヤが、我先にと森小屋から飛び出していったからだ。

「ああっ！　やっぱり助けに来てくださったのですね、わたくしの王子様！」

その恍惚《こうこつ》とした響き。リヒトとともに体勢を立て直して、オフェリヤの後を追って森小屋を出ると、背後にセヴェリータを庇った状態のシラノが、オフェリヤに抱き着かれているところだった。

「ど、どういうこと？」

「どういうことも何も、ああいうことらしいですね。あれが彼女の望みということでしょう」

「ええっと……？」

なにそれ、と唖然《あぜん》と呟くマリオンと同様に、オフェリヤに抱き着かれているシラノはすっかり戸惑い切っている。その腰に携えられた剣は、彼が確かにオフェリヤのことを助けに来たという証《あかし》だろう。けれどそのオフェリヤは、シラノが助け出す必要もなく、どう見ても無事の姿で、なぜか自ら森小屋から飛び出してきた。これで戸惑わないわけがない。

「ええと、レミエル嬢？　これは一体……」

「まあ、ご領主様。わたくしのことはどうかオフェリヤとお呼びくださいまし。将来の妻のことを、わざわざ霊名で呼ぶなんて、そんな意地悪はなさらないで？」

「いいいいいや、その、その件については、私はきちんと断らせていただいたはずだが」

シラノにしなだれかかり、うっとりと葡萄色の瞳を細めるオフェリヤのことを自ら引き剥がし、彼女の薄い両肩を掴んで、シラノははっきりとそう言い切った。だが、オフェリヤの甘い笑顔は崩れない。それどころか、その笑みはより一層深くなる。

「解っておりますわ、ご領主様。ご領主様はとってもお優しくて照れ屋で、そして実直な殿方でいらっしゃいますものね。だから以前わたくしのことを助けてくださったときも、当家からの謝礼のすべてを断ってくださったのでしょう？」

「え……？」

マリオンは思わず目を見開いた。以前助けた？　オフェリヤを、シラノが？　このストレリチアス領においてそんな事件などあっただろうか。まったくの初耳である。

どういうことですか叔父様、と、シラノを見つめると、彼にも身に覚えがないのか、ますます戸惑った表情になっている。シラノのその表情に気付いたのだろう。オフェリヤが焦《じ》れたように「もう」と唇を尖《とが》らせた。

「三年前の王都で、わたくしが悪漢に絡まれていたとき、ご領主様が颯爽《さっそう》と現れて救い出してくださったこと、わたくし、一度だって忘れたことはございませんわ」

「三年前……三年……王都……うーん………………………あ？」

はた、と固まるシラノに、オフェリヤはぱあっと顔をほころばせる。

「思い出してくださったのですね！」

「あ、ああ、あのときのお嬢さんか」

合点が言ったように、ぽんっとシラノが手を打ち鳴らすと、オフェリヤが満面の笑みで頷きを返す。マリオンも、そういえば、と思い出す。

三年前、確かにシラノは、一度王都へと出向いている。その身に約束された不運と災難により、基本的にストレリチアス領から出ることはないシラノが、懇意にしている古くからの馴染《なじ》みのドワーフに、「王都でしか手に入らない触媒が……！」と頼み込まれ、断り切れずに王都に向かったのだ。

れっきとした聖爵がお使いなんて、とマリオンも呆れたが、聖爵という地位がなくては手に入らないほど貴重な触媒であり、下手に他の者に任せて途中で着服されでもしたら、と思うと、シラノ以外には頼めなかったらしい。

ドワーフという種族は総じて疑い深い種族である。そんな彼らに全幅の信頼を置かれているシラノは、持ち前の人の好さを発揮して、王都に出たというわけだ。オフェリヤの口ぶりから察するに、そのときに彼女はシラノによって助け出されたのだろう。

「ご領主様はお優しいから、いくらわたくしのことを想ってくださっていても、他の女を袖にするのはお心を痛めてしまわれるでしょう？　ですからわたくし、そのお手伝いをさせていただきましたのよ」

「……手伝い？」

おそらくは聞き逃してはならないに違いないその言葉をシラノが反芻《はんすう》すると、オフェリヤは「ええ！」と得意げに頷いた。

「だって、ご領主様はわたくし以外の女なんて選ぶはずがございませんが、他の女のためにそのお心を痛める必要なんてないでしょう？　だからあの展望台で、わたくし以外のご領主様の花嫁候補……ダチュラスとシャロンの方々を片付けてさしあげるつもりだったんです。それなのに」

シラノをうっとりと見上げていた葡萄色の瞳が、くるりと背後のマリオンへと向けられる。シラノへと向ける熱情とは正反対の、氷よりも冷たい残酷さがにじむ瞳だった。圧倒的な害意に思わず身体をびくつかせると、リヒトがさっとマリオンの前に回り込んでくれる。その背中につい安堵の息を吐くマリオンをやはり冷たく見つめたオフェリヤは、にこりと笑った。

「お嬢様に邪魔されてしまって。もちろんお嬢様のこともあのとき一緒に排除させていただくはずだったのですよ？　だってご領主様のおそばにはべる女はわたくしだけでいいのですもの。それなのに、使用人ごときのせいでそれも叶わなくって……」

「ま、待って！」

とうとうと流れるように、それこそ美しい詩歌をそらんじるかのように続けるオフェリヤに、マリオンは待ったをかけた。

あら、とオフェリヤが言葉を切ってこちらを見つめてくる。その瞳は、やはり冷たい憎悪が宿っている。気圧されてしまいそうになるけれど、負けてはいられない。リヒトに庇われてばかりなんていられない。

彼の後ろから前へと出たマリオンは、「まさかですけれど」と唇を震わせる。

「あの展望台での襲撃者も、今回の誘拐犯達も、レミエル様が……？」

「ええ、もちろん」

何を今更、と言いたげに、オフェリヤはふふと笑みをこぼす。自らのほっそりとした人差し指を自らの唇に押し当てて、「わたくしの得意とする魔法は」と続ける。

「この唇から発する言語による精神感応術。本来はただの伝達魔法ですが、応用すれば、相手の名前を知ることで、その者達の意識を奪い、操ることができるんですの。便利で素敵な魔法でしょう？」

「そん、な」

オフェリヤは得意げに笑うが、その笑顔からは寒気しか感じない。確かに便利かもしれないが、素敵であるはずがない。それはただの暴力を行使する魔法よりも、もっとずっとよっぽど、恐ろしくて残酷な魔法ではないか。相手の意思を無視して操るなんて、そんなこと、誰が行使しようとも、誰に対して行使されようとも、決して許されていいはずがない。

けれどそんな魔法を、オフェリヤは行使したのだ。行使したことを、自慢げにひけらかすくらいに、何の罪悪感もなく。

その得体のしれない恐ろしさにぞっとするマリオンの隣で、リヒトが濃金の瞳に冷ややかな光を宿している。不快だ、と、その瞳が語っていた。オフェリヤが自分のためにそんな真似をしたのだということを知らされたシラノは、もはや言葉が見つからないらしく呆然としており、彼の後ろに庇われているセヴェリータもまたやはり不快そうに柳眉《りゅうび》をひそめている。

その残酷さには定評があるだろう《七人の罪源》の内の二人にすらそんな表情を浮かべさせる異様さに、オフェリヤ本人だけが気付いていない。マリオンから視線を外した彼女は、くるりと再びシラノの方を向いて、上機嫌に声音を弾ませる。

「ありがとうございます、ご領主様。やっぱりわたくしを助けてくださるのはあなただけですわ、わたくしの王子様。ふふ、照れ屋さんなあなた様でも、わたくしがさらわれたとなれば、覚悟を決めてくださると思ったのですけれど……やっぱりその通りでしたわね」

「レミエル嬢、私は」

「もう！　だからオフェリヤと呼んでくださいと申し上げているのに、意地悪なお方！　ほら、見てくださいませ。あなた様がわたくしのために用意してくださったこの髪飾り、とてもよくわたくしに似合うでしょう？」

シラノの強張《こわば》った声に気付かず、彼の言葉を遮《さえぎ》るようにして続けたオフェリヤは、自らの結い上げられた白菫色《しろすみれいろ》の髪を示してみせた。そこにある髪飾りに、マリオンは、そしてシラノも息を飲む。それは、マリオンがなくしてしまったはずの、今はなきアザレアス家、現在においてはストレリチアス家の家宝の一つとして数えられる、輝ける大粒のサファイヤの髪飾りだった。

どうやらマリオンの部屋から、オフェリヤはわざわざ盗み出したらしい。しかも彼女の中では、その髪飾りは、シラノがマリオンではなく自分に贈るつもりだったという認識になっていた。

るようだ。あまりにも強引な思考回路が理解できずに呆然とするしかない。先ほどからオフェリヤに対して戸惑いを通り越してもう引き気味になっていたシラノも、完全にドン引き状態である。

「ね、ほら、ご領主様。これからわたくしと、マイレースレの結婚式に……」

弾む声音とともに、オフェリヤがシラノの腕に自らの腕を絡ませようとする。けれどそれは叶わなかった。シラノの背後で沈黙を保っていたセヴェリータが、間に割り込んだからだ。

彼女のことなどまったく視界に入っていなかったらしいオフェリヤが目を見開くが、そんな彼女を、セヴェリータは先ほどの彼女以上に冷ややかに見つめる。

「醜いな」

「……なんですって？」

短い言葉に、オフェリヤの柳眉が吊《つ》り上がる。小馬鹿にするようにセヴェリータは、その凛々しい笑顔に嫣然《えんぜん》とした笑みを浮かべた。

「聞こえなかったか。醜いと言ったんだ。醜悪極まりない。それでもなお自らを美しいと思う勘違い、ここまでくればいっそおめでたいと言うべきか。旦那様、こんな醜女《しこめ》など放っておいて、さっさと帰ろうではないか。自分は腹が減ったんだ。まったく、旦那様がどうしてもと仰るからここまで付き合ったが……時間の無駄だったな。せっかくの旦那様との食事の時間を邪魔しおって」

「な、な……っ」

容赦のないセヴェリータの言葉に、それまで薄紅に上気していたオフェリヤの顔色が真っ赤に染まる。反論しようにも、自身よりも明らかに格段に美しいセヴェリータに対して下手な反論などできないのだろう。

オフェリヤはギッとセヴェリータを睨み付けてから、その瞳を潤ませて、「ご領主様」と、シラノにすがりつこうとする。だが。

「ご、りょ、しゅ、さま……？」

シラノがオフェリヤを受け入れることはなかった。伸ばされた手を静かに跳ね除《の》けて、彼は眉尻を下げる。その表情が意味するのは当然怒りではない。どこまでも深い、悲しみだった。

「私がここまであなたを追い詰めてしまったことを、心からお詫《わ》びしよう」

「……え？」

きょとん、とオフェリヤの葡萄色の瞳が瞬く。何を言われているのかが解らない、とでも言いたげなその様子は、多くの男性が支えてあげたいと思うに違いないたおやかなものである。

しかし、シラノの手が、彼女に伸ばされることはない。

「だが、申し訳ない。私は、我が領民を傷付けたあなたを許すことはできない」

「え、あ」

「レミエル嬢。私があなたを選ぶことは、決してあり得ない」

それは、誰が聞いてもそうと解る、明確な最後通牒《つうちょう》だった。

ひゅっとオフェリヤが息を飲む音が、森のしじまに大きく響き渡る。そんな、と唇をわななかせた彼女は、そのままその場に座り込んでしまう。それでもやはり、シラノの手が、彼女に差し伸べられることはなかった。それこそが、シラノとオフェリヤの間にあったはずの思い出の終焉《しゅうえん》であるのかもしれない。

いくら打ちひしがれた様子のオフェリヤであっても、彼女にはもはや同情の余地はない。《寛容》なるシラノであれど、領民を巻き込まれては黙ってなどいられないのだろう。

これにて一件落着かしら、と、なんとも言い難い後味の悪さを感じながらマリオンがほうと息を漏《も》らした、そのときだ。


「――――《シラノ様》」


ゆらり、と、オフェリヤが立ち上がる。恋に破れて川に身を投げた女の幽霊のような、危うげな立ち姿。彼女のその薄い紅が刷《は》かれた唇が口にした、その名前。

「あの女っ！」

「貴様！」

リヒトが顔色を変え、セヴェリータもまた声を上げるが、構うことなくオフェリヤはにっこりと微笑む。壊れたその笑みにぞっとマリオンが身体を震わせるその先で、彼女はまた唇を震わせた。

「《シラノ・ストレリチアスは、オフェリヤ＝レミエル＝ウィステリアータのことだけを、誰よりも何よりも愛している》」

「ッ、あ」

朗々《ろうろう》と紡がれたオフェリヤの言葉に、シラノの身体が見えない何かに縛られたかのように硬直した。その顔色が見る見るうちに青くなり、やがて完全に血の気の失《う》せた白へと変わる。その場に膝をつく彼のことを、心底愛おしそうに見下ろして、オフェリヤはうっとりと笑った。

「最初からこうすべきでしたわね。シラノ様、あなたはわたくしだけのもの」

「叔父様！」

そのセリフに、マリオンもまた遅れて、オフェリヤが魔法を行使したことに気付かされる。

まさかここに来てオフェリヤが直接シラノに魔法を行使するとは思わなかった。それも、無理矢理自分のことを愛させるなんて、とんでもない最悪の暗示だ。ほんのわずかばかりマリオンの心に残されていたはずの同情が一気に吹き飛んだ。怒りで目の前が真っ赤になる。なんだかんだ言いつつシラノのことを主人として認めているリヒトも同様らしく、その美貌が凶悪に歪む。ウカもまたきゃんきゃん!!　と明らかな怒りを宿して吠え立てた。

マリオンがリヒトとウカとともに慌ててシラノの元に駆け寄ると、懸命にオフェリヤからの暗示に抗おうとしているらしいシラノの身体がぐらりと傾《かし》ぐ。そのまま地に倒れ伏す叔父に取りすがりつつ、マリオンは満足げな笑みを湛えてシラノのことを——シラノのことだけを見つめているオフェリヤを睨み上げる。

心の底から、これ以上ない怒りを感じていた。それはリヒトにもウカにも言えた話だ。

だが。それ以上の怒りを湛えた存在が、この場所には存在したのだ。

——ドンッ!!

突然、地面からが水が噴き上がった。その場からはじき飛ばされて、きゃあ!?と悲鳴を上げつつも即座にウカを抱き上げたマリオンを、さらにリヒトが抱き寄せてくれる。

シラノから遠ざけられてしまう形となったが、まだマリオン達はマシな方だ。ちょうど水が噴き上がった場所に立っていたオフェリヤは、悲鳴を上げることすら敵わずに宙へとその華奢《きゃしゃ》な肢体《したい》を吹き飛ばされ、そのまま誰に助けられることもなく地面へと叩き付けられる。

びしょ濡《ぬ》れになって倒れ伏すオフェリヤを見つめるのは、深い青の瞳。激烈な怒りを宿した、セヴェリータの瞳だ。

「よくも」

その紅を刷いているわけでもないというのに艶《つや》やかな唇がわななく。淡々とした、けれどだからこそ筆舌に尽くし難い怒りを宿した涼やかな声。

「よくも、旦那様に禁呪などという舐《な》めた真似をしてくれたな？」

噛み締めるように紡がれる言葉とともに、次から次へと地中から水が噴き上がる。まさか地下水脈から!? と内心叫ぶマリオンや、険しい表情のリヒトのことなど、セヴェリータにはもう見えていないらしい。

彼女の深い青の瞳は、足元で一滴も水に濡れていないシラノと、びしょ濡れになって倒れ伏したままのオフェリヤしか捉えてはいない。

「旦那様への無礼、赦《ゆる》せるものではない。自分の食事の時間を邪魔するだけに飽き足らずよくも……ああそうとも、誰が赦そうとも、この〝ベル〟は決して赦すものか」

噴き上がる水流から、青い虎が紡がれ生まれる。一頭、二頭、三頭――いいや、もう数えきれない。水が噴き出し続ける限り、青い虎はその数を増やし、セヴェリータの周りにはべる。

青い虎は皆、その喉を低く鳴らして、もはや意識がないのであろうオフェリヤのことを睨み付けていた。

「ああ、腹が減った。腹が減った。腹が減った!!」

その声を合図にしたかのように、まず先頭にいた青い虎がオフェリヤの元へと駆けた。あっとマリオンが息を飲むと、虎は意識のないオフェリヤで遊ぶかのように、彼女の身体をわざと宙へと放り投げる。そのままたずしゃりと地面に落とされるオフェリヤは、早くもぼろぼろだ。丁寧に編み上げられていたはずの長い髪は乱れ切り、そのドレスは泥だらけである。

見るも無残な姿に、くつくつと愉《たの》しそうにセヴェリータは嗤《わら》う。リヒトが時折見せる凶悪な表情に負けず劣らず、彼女のそれも凶悪であった。マリオンは顔を引きつらせ、リヒトが「相変わらず腹が減るととんだ暴れ虎になりやがる……」と遠い目になる。

そんなこちらのことなどやはりまったく気にも留めていないらしいセヴェリータは、くつくつと喉を鳴らす。

「なぶり殺しにしてやろう」

残酷な宣言は、もうオフェリヤには届かない。マリオンの方がよっぽど顔を青ざめさせる羽目になった。

そんな真似、決してシラノは望まないに違いない。自分のためにセヴェリータが……〝ベル〟がその手を汚すことを、彼は心から悲しむだろう。そんなのは嫌だ。でも、どうすれば。そうリヒトの腕の中で途方に暮れるマリオンの腕から、ぱっとウカが飛び出した。

「ウカ!?　だめよ、危ないわ！」

賢い子狐の耳には、マリオンの制止は届いているはずだった。けれど彼は振り返ることなく青い虎の群れを掻《か》い潜《くぐ》り、そして何かをくわえて一目散にマリオンの元へと駆け戻《もど》ってくる。

無事の姿にとりあえず安堵しつつ、ウカがくわえてきたそれを受け取る。それは、オフェリヤの髪を飾っていた、本来はマリオンが譲られたはずの、サファイヤの髪飾りだった。こんな状況でも、それは美しい青の光を湛えていた。

けれど見惚れている場合ではない。いよいよセヴェリータがその白い指先を倒れ伏すオフェリヤへと向ける。セヴェリータの背後で、青い虎達が一斉に唸りを上げる。

「待って、お願い！　叔父様はそんな真似なんて望まれないわ!!」

マリオンの言葉に、ぴくりとセヴェリータの柳眉が動く。考え直してくれたかも、という期待は、セヴェリータの瞳の中で変わらず燃える怒りの炎によって焼き尽くされた。

どうしよう、どうすれば、と、懸命に頭を巡らせるマリオンを相変わらず庇いながら、リヒトが「あまりベルゼブブを刺激しないでください」と苦言を呈《てい》してくる。

「あの女も、僕と同様に封印が完全に解けていることをお忘れですか。僕だけでは相打ちとなるより他はありません。ここはひとつ、あの女には気がすむまで暴れさせてやりましょう」

「そんなことしたら、レミエル様が……！」

「ウィステリアータの小娘は、それだけのことをしたということです。なに、ご心配は無用ですよ。ウィステリアータ家が何か言ってきても、僕が黙らせますから」

「そういう問題じゃなくってよ！」

ばか！　とマリオンは叫んだ。むっとしたように整った眉をひそめるリヒトを見つめ返し、だって、と続ける。

「ベルゼブブさんと一緒にいるときの叔父様、とっても楽しそうで、とぉっても嬉しそうだったもの。そんな彼女の手を汚させたら、叔父様、すごく、すっごく悲しまれるわ。そんなのは嫌なの」

もしもこのままセヴェリータがオフェリヤを手にかけたら、もうきっと、いいや絶対に、シラノとセヴェリータが寄り添う姿は見られなくなってしまう。そしてきっとシラノは、何もなかったことにしてしまうのだ。自分自身がどれだけ求めていても、セヴェリータにどれだけ求められたとしても、どれだけ辛くて苦しくても、自分の想いを封印してしまうに違いない。

「叔父様のためにも、ベルゼブブさんのためにも、ベルゼブブさんを止めなくちゃ！」

そのときだった。

マリオンの手の中にあったサファイヤの髪飾りから、真白い光がほとばしる。

まばゆくも目を射ることはない、優しくすべてを包み込み塗り替えるその光を、マリオンは確かに知っている。それは先達てにおける王都の一件で目にした、ストレリチアス家の家宝であるオパールのペンダントが放った光と、まったく同じ。

「こ、れ」

呆然とするマリオンが視線を向けると、セヴェリータが苦しげに膝をついていた。彼女の周りにいた青い虎達が、次々とその形を崩してただの水たまりになっていく。セヴェリータが殺気立った瞳で睨み付けてくる。けれど不思議と怖くはない。ただ彼女が、本当にシラノのことを想っているのだということを、思い知らされるだけだ。

静かに彼女のことを見つめ返すマリオンの手に、リヒトの手が重なる。

「《集《つど》え》」

リヒトによる短くも力ある言葉に、サファイアから放たれる真白い光が応える。光はそのまま、マリオンの手の中で、一振りの大きな戦斧《せんぷ》となった。

「おひぃさま、どうぞ」

「っぇえ！」

リヒトに背を押され、マリオンは走り出した。セヴェリータがぎょっと目を見開いて抵抗しようとその手に青い光を凝《こご》らせるが、その青もまた戦斧が放つ白い光によって打ち消される。

そしてマリオンは、ダンッと地を蹴った。宙に舞ったマリオンは、その手の戦斧を大きく振り上げる。その下にいるのは、当然セヴェリータだ。


——ぱっかーん!!

一拍ののち、盛大に間抜けな音が響き渡った。夜の森を照らし出す真っ白な光がひときわ大きくなる。そして。

「なるほど、今度はフライパン……」

感心したように頷くリヒトに、マリオンはその手の戦斧、ではなく、台所を任せられた者の強い味方、我らがフライパンを掲げてみせた。

アーリエとカプリツィアのことを封じたときは弓矢、からの投網《とあみ》だったが、今回はフライパンとなってくれたらしい。そのままフライパンは、輝きを失い元の髪飾りへと戻る。

きゅっとそれを握り締めて、マリオンは、セヴェリータへと視線を戻した。頭に思い切りフライパンを振り下ろされた彼女は、よっぽど痛かったのか、涙目になってマリオンに怒鳴りつけた。

「神聖な調理器具を鈍器《どんき》にするなど、なんてことを!!」

そう、彼女は確かに封印された。けれど完全なる封印ではない。髪の合間から覗く丸い耳。尖った爪。凛々しい美女の姿に、あちこちに虎の特徴を残した、半人半獣の姿である。

アーリエとカプリツィア同様に、魔力を完全に封じられた状態ではあるが、完全なる獣の姿にまで堕《お》とされてはいない姿である。

「おひぃさまに感謝しろよ、ベルゼブブ。おひぃさまが本気でその気だったら、てめぇはまた完全に獣に堕とされていたんだからな」

「〜〜〜っ!!」

ウカとともに歩み寄ってきたリヒトに揶揄《やゆ》するようにそう告げられたセヴェリータは、悔しげにダンダンダンダンとその場を踏み締める。その衝撃が伝わったのだろうか。彼女の足元で倒れ伏していたシラノの身体が身じろいだ。

途端に、それまでの怒りをどこへ放り投げたのか、余裕なんてかけらもない様子で、「旦那様！」とセヴェリータは彼に取りすがる。続いてマリオンもリヒトとともにシラノのそばにひざまずくと、ゆっくりとシラノのまぶたが持ち上げられた。

「だ、旦那様……」

「……ベル？」

確かめるようにシラノが、自らの顔を覗き込んでくるセヴェリータのことを呼ぶ。シラノの銀灰色の瞳に浮かぶ光は、オフェリヤによって洗脳された者達のようにうつろなものではなく、確かな意思を……そう、セヴェリータへの想いを、確かに宿したものだった。

「ああ、ベル。随分とかわいらしい姿になったね」

「え、あ、旦那様、これはその」

「ふふ。とてもかわいいよ。また君とおいしくお茶を飲みたいのだけれど、こんな私でも構わないだろうか」

「っ！」

セヴェリータの顔色が、怒りではない赤によって一気に染め抜かれる。いつも泰然《たいぜん》と構えている姿でもなく、先ほどまでの怒りに燃える姿でもない、彼女の、初心《うぶ》な乙女のような姿は、マリオンの目から見ても大層かわいらしかった。

今度こそ一件落着ね、と肩から力を抜く。そしてマリオンは、ちゃっかりマリオンの肩を抱いてきたリヒトと、穏やかに笑い合ったのだった。

＊＊＊

夜闇がすっかり世界を包み込んでいた。空には満天の星が瞬いていて、月が皓皓《こうこう》と輝いている。ド田舎だからこそ望める美しい輝きに、知らず知らずのうちに目を細める。

ストレリチアス領において最も大きな川、その川べりで、マリオンは一人たたずんでいた。

マイレースレの結婚式は、この川が会場となる。本会場である町内の川の流れのもとではない、人目を避けたストレリチアス邸の近くの川べりには、マリオン以外には誰もいやしない。マリオンはここで、リヒトと待ち合わせていた。

「色々あったけれど、間に合ってよかったわ」

オフェリヤの自作自演による誘拐事件は、犯人であったそのオフェリヤを騎士団に引き渡すことでかたが付いた。もちろん魔法が使えないように、騎士団でほこりを被《かぶ》っていた魔封じの手枷《てかせ》を彼女にかけて。

オフェリヤは憔悴《しょうすい》しきった様子で、騎士団員に引っ立てられていった。さすがに今度こそ、もう本当にかけらたりとも同情の余地はない。それでも少しだけ心が痛むのは、彼女がそこまでシラノのことを想っていてくれたのだという事実があるからだ。

「……だから甘っちょろいって言われるのよね……」

はあ、と溜息を吐く。森でマリオン達を襲ってきた『おばけ』もどき達は皆、マリオンに叩きのめされたことよりも、オフェリヤの魔法によって精神を操られたことの方で心身を消耗したらしく、全員医師のお世話になることとなった。

シラノもまたその例に漏れなかったはずだが、それに否を唱えたのがセヴェリータだ。彼女は「自分が旦那様のおそばに！」と譲らず、シラノは彼女とともに屋敷でこのマイレースレの結婚式の夜をすごすこととなった。

結局のところ、たぶんセヴェリータは、誰にも邪魔されず今夜をシラノとすごしたかったのだろう。それはきっと、シラノ自身も。

「仲がよろしいこと」

ふふ、と笑いながら、こぼれた髪を耳にかける。今のマリオンは、長く伸ばした鈍色《にびいろ》の癖毛を丁寧に結い上げていた。その髪をあのサファイヤの髪飾りが見事に飾り立てている。

だって今夜のマリオンは、〝五月の薔薇《マイレースレ》〟なのだから。リヒトはマリオンを〝天の花嫁〟にするために、今、ブナの木の灯篭《とうろう》を取りに行っている。先に行って待っていてくださいと言う彼の言葉を信じて、マリオンはこうして大人しく川べりで待っているというわけだ。

町のにぎわいは遠く、静かな夜だ。ひたひたと胸を満たしていく期待に心躍《おど》らせているマリオンは、それまで足元で丸くなっていたウカが、突然起き上がったことに対して、らしくもなく反応が遅れた。

「ウカ？　どうし……」

たの？　と、そう続けるはずだったのに、できなかった。旅支度を完璧に整えた様子のロクサーヌが、憤懣《ふんまん》やるかたない様子でこちらへ駆け寄ってきたからだ。

彼女がその手に持った旅行鞄《かばん》は、ストレリチアス邸にやってきたときのものと同じもの。どうやら彼女は王都へと帰還するつもりらしい、と、少し離れた彼女の背後にある馬車の姿に悟るが、別れの挨拶《あいさつ》をしている余裕なんてなかった。

「よくも馬鹿にしてくれたわね!!」

「え、きゃあっ!?」

ドンッ!!　と、全力で突き飛ばされる。身構える暇もない、完全なる不意打ちだ。いくら身体能力が優れたマリオンとて、これではどうしようもない。大きく身体のバランスが崩れる。

「え、あ、ちょ、あああああっ!?」

こんな川べりでは何も掴める物なんてない。マリオンの足が宙に浮く。最後に見えたのは、勝ち誇ったようなロクサーヌの笑顔。体勢を整えることなんて到底不可能なほどに思い切り傾いだ身体は、川へとそのまま――……！

「――――――マリオン!!」

バッシャーン！

そう。そうしてマリオンは、そのまま盛大なる水音とともに、川に落ちた。だが、一人で、ではない。幸か不幸か足がつく水深の川に、全速力で駆け寄ってきてマリオンを助けようとしてくれたリヒトと一緒に、川に落ちたのである。

鼻やら口やらから水を思い切り取り込んでしまい、げっほごっほとむせ返るマリオンの背を、リヒトが気遣わしげにさすってくれる。川べりではウカがきゅんきゅんと不安そうに吠え立てている。そんなウカのことも憎々しげに睨み付けたロクサーヌは、「ざまあみなさい！」と捨てゼリフを吐いて馬車の元へと駆けていってしまった。

そしてロクサーヌを乗せた馬車が遠ざかっていくところで、リヒトとともに、やっとの思いでマリオンは川から岸へと移動することができた。

「大丈夫ですか？　お怪我《けが》は？」

「だい、じょうぶ。ねえ、それより」

「はい？」

「名前」

「は」

「私のこと、さっき、〝マリオン〟って」

呼んでくれたわよね、と、問いかけではなく確認を込めて続けると、リヒトの白皙《はくせき》の美貌が、ぱっと赤らんだ。それを見られたくないのか、さっとすばやく顔を背けるリヒトの頬を、マリオンは両手で包み込んで無理矢理自分の方を向かせる。ぐきっと首を曲げさせられたことよりも、ただ自身がマリオンの名前を口にしたことそのものが気まずいらしいリヒトは、らしくもなく視線をうろうろと泳がせようとする。けれど、逃がさない。

マリオンはにっこりと笑った。満面の笑みだ。本当に嬉しいとき、人間はこんな風に笑えるのね、と、なんだか感動すらしてしまう。リヒトが息を飲むのを確かに聞き取りながら、マリオンは口を開く。

「やっと、呼んでくれた」

万感の思いを込めてそう告げると、リヒトの顔色がますます真っ赤になる。けれどそれでも逃がさない。逃がしてなんてあげない。

「ねえリヒト、もっと呼んで？　マリオンって、ねぇ、お願い」

「……また、いずれ」

「往生際が悪くてよ。一回呼んだらもう後は同じでしょう？　ほら、早く」

「一回呼んだからいいではないですか。この話はここまでです」

「いいじゃない！　けち！」

　ねえリヒト、とマリオンもまた彼の名前を呼ぶ。何度も繰り返し、とっておきのおまじないをかけるように。思いの丈を込めて、誰よりも愛しいその名前を。マリオンの、〝金色の王子《恋人》様〟の名前を。

　やがて観念したのか、リヒトの手が、自らの頬にあてがわれているマリオンの手に重ねられる。お互いにびしょ濡れであるせいだろうか、その手はひんやりと冷たかった。けれど確かなぬくもりを感じる。

「マリオン。これでいいですか」

「ええ、リヒト。もう一回」

「マリオン」

「ふふ、リヒト、ほらもう一回」

「マリオン」

「もう一回よ、リヒト」

「……マリオン」

「ふふ、もういっか……」

「～～いい加減、勘弁しろよ！」

バッと頬からマリオンの手を引きはがしたリヒトは、悲鳴のように叫んだ。こんな声も上げられたのねあなた、と感心するマリオンを、濃金の瞳がぎろりと凶悪に睨み付けてくる。けれどちっとも怖くはない。

「ね、もう一回。リヒト、〝マリオン〟って呼んで?」

お願い、ともう一度言葉を重ねると、リヒトは真っ赤になった顔を片手で覆《おお》い、天を仰いだ。しらじらと輝く月と、きらきらと輝く星が、マリオンとリヒトを見下ろしている。そのまま黙りこくってしまったリヒトを、それでもなお期待を込めて見つめていると、ようやくリヒトがこちらへと視線を戻した。

そのかんばせに浮かぶのは、いつも通りの優美な笑みで、マリオンはあら、と目を瞬かせる。そんなマリオンの手を取って、リヒトは笑みを深めた。

「解りました。ベッドの中でならば、いくらでも」

「～～っばか!」

せっかくの雰囲気をぶち壊してくれる発言に、今度はマリオンの方が真っ赤になる番だった。せっかくだったのに、と、リヒトのことをしばし睨み付けるが、彼はもうすっかり涼しい顔になっていて、マリオンの視線などどこ吹く風である。悔しくてならなくて声にならない声で唸るマリオンの肩に、リヒトの手がぽんと乗せられた。

「さて、おひぃさま。とりあえずこちらに背を向けていただけますか?」

唐突な提案である。え、と戸惑いの視線を向けると、リヒトはしたり顔で「その髪」と、川に落ちて濡れたせいでぐちゃぐちゃになってしまったマリオンの鈍色の髪に指を絡めた。

「〝五月の薔薇《マイレースレ》〟にふさわしい髪形にならなくてはならないでしょう？　僭越《せんえつ》ながらこの僕が」

「……ありがとう」

否を唱える理由はなく、大人しく背を向ける。手元に櫛《くし》はなくても、リヒトほどの器用さがあれば手櫛で十分であるらしい。驚くほど丁寧に髪に触れられていることをつぶさに感じながら、川の水面《みなも》を見下ろしつつ「ねえ」と声をかける。

「聞いてもいい？」

「何をですか？」

マリオンの髪を結う手を止めずに問い返され、一瞬、やはりやめておこうかと迷った。けれどきっと聞かずにおいたら後悔するだろうと思えたから、意を決して改めて口を開く。

「どうして急に、私を甘やかすようになったの？」

「恋人のことを甘やかすのは男として当然です」

「ごまかさないで。それだけじゃないでしょう」

王都から帰ってきて以来、事あるごとにマリオンに迫り、何かと甘やかそうとしてきたリヒト。ただ恋人になったからという理由だけでは説明できないほど、彼は確かに甘かった。甘ったるいほどだったと言ってもいい。だからこそマリオンは戸惑い、大人しく受け入れることもできずに途方に暮れ、それればかりかリヒトのことを避ける真似までしてしまった。

今後のためにも、ちゃんと理由を聞いておきたい。そんなマリオンの気持ちが伝わったのか、リヒトの手がふと止まる。はあ、と、マリオンの髪に、彼の溜息が吹きかかった。

「だから、恋人になったからこそです」

「え？」

「聖爵家の血こそが《罪源》の封印の要《かなめ》であるというならば、ローゼスが必ずおひぃさまに縁談を持ち込むであろうことは解り切っています。旦那様への猛攻をごらんになったでしょう。あの姿はいずれ、おひぃさま。あなたの姿でもあります」

「……そう、かもしれないわね」

その件については、アーリエとカプリツィアから、既に聞かされていた。つまりリヒトは焦《あせ》ってくれていたの？　と、マリオンは内心でごちる。

マリオンの心をリヒトに留めおくために、マリオンにあれこれ睦言《むつごと》をささやき、その手を伸ばしてきたのか。そうと解ってしまうとリヒトのことを責められない。嬉しいとすら思う。けれど同時に、寂しくもある。

「ねえ、私、そんなにも信用がなかった？　信頼できなかった？　いっそのこと、私の名前を呼んで支配することだってできたんでしょう？」

そうだとも。いざとなれば名前でマリオンを縛ることだって、リヒトであればできたはずだ。

意地の悪い質問であるのかもしれない。それでも聞かずにはいられなかった。だって名前を呼んでくれなかったことは、やっぱり今思い返してみても寂しいことだから。

しょぼんと肩を落とすマリオンには、背後に立つリヒトの顔は解らない。だから、彼が怒声を上げるのに、反応が遅れた。

「……んな、真似、誰がするかよ！　そんな真似、あのウィステリアータの小娘と同じじゃねぇか！　俺が欲しいのは、俺が惚れたのは、そのままのあんただ！　操り人形なんざ願い下げだ‼」

普段の丁寧語を投げ打って怒鳴られたセリフ。その意味を噛み砕くとじわじわと喜びが湧《わ》いてくる。けれどそれだけでは足りない。

「ならやっぱり信用と信頼がなかったってことよね。私があなた以外を選ぶはずがないってこと、解ってくれてなかったってことじゃない」

「～～～だ、か、ら！　そうじゃねぇよ！　ただ俺が！　僕が！　勝手に不安になって焦って意地になって必死になっていただけです‼　これでご満足ですか⁉」

両肩を掴まれ、ぐるんと身体ごと振り返らされて、重ねて一方的に怒鳴りつけられる。ぽかんと間抜け面をさらす羽目になったマリオンは、そのまましいとリヒトの赤い顔を見つめた。

「なんですか」と、低く問いかけられ、「ええと」と言葉を紡ぐ。

「あなた、本当に、私のことが大好きなのね」

本当にリヒトが自分のことを好きでいてくれるのか。幾度となく不安に思った。けれど《七人の罪源》とかつて呼ばれ、圧倒的な力でもってこのレジナ・チェリ国を蹂躙《じゅうりん》した存在にここまで言わせて、それでもなお疑おうだなんて、どうして思えるというのだろう。それこそまさかだ。《強欲》の魔法使いともあろう者がよくもここまで……いいや、《強欲》だからこそ、ここまで言ってくれるのだろう。

なんだか笑いがこみあげてくる。口を押さえてももう遅い。ふふ、ふふふ、ふふふふふっ。そうひそやかに笑うマリオンを、リヒトはまた真っ赤になって睨み下ろした。

「この馬鹿が！　ええそうですよ！　あれだけ言葉を尽くさせておいて、態度で示させておいて、それでもまだ理解できていなかったんですか⁉　僕があなたを好きで悪いとでも⁉」

「嫌だわ、悪いことなんてあるものですか。ふふ、ふふふふ、どうしよう。すごく、すっごく嬉しい」

「…………」

頬を薄紅に上気させて笑うマリオンに、リヒトは毒気を抜かれてしまったらしい。はあああぁ、と彼の薄い唇から、とんでもなく大きな溜息が飛び出した。その様子を笑顔で見つめていたマリオンは、彼の手を取る。きょとりと瞬く濃金の瞳を見上げて続ける。

「でもそうね。ええ、私、馬鹿なんだわ。だから言って。もっとちゃんと。私は、リヒト。あなたのことが大好きよ」

あなたは？　と言葉なく続けて問いかけると、リヒトはうっと一瞬言葉に詰まり、うろ、うろうろ、と、目を泳がせた後、やがて小さく笑った。

諦めたような笑みであり、同時に何よりも甘くとろける恋人の笑顔。

「あなたを愛しています。僕の姫君、マリオン」

飾り立てられた言葉ではない、最低限の睦言だ。けれどきっと、これ以上熱烈な愛の言葉なんてないのだろう。彼の想いは確かにここにある。これが呪縛や勘違いであるはずがない。

我ながらまだ不安があったことに驚きつつ、その不安が一掃されていくこともまた感じながら、マリオンはリヒトに抱き着いた。なんなく受け止めてくれるぬくもりに笑みをこぼしながら、ふふと笑う。

「あなただけよ。私のリヒト」

リチエルカーレではなくて、リヒトこそがマリオンの恋人なのだ。どちらからともなく唇を重ね合うのだって、当然の流れだった。

ああ、やはりリヒトとの口付けは、こんなにも甘くて、しあわせになれるのだ。

そのまま抱き締め合うことしばし、きゅん！　という鳴き声が耳朶《じだ》を打つ。そちらを見遣れば、川べりで今にも流されそうになっている灯篭を、ウカがなんとか留めてくれているところだった。

「リヒト、もしかしてあれがあなたの？」

「はい。先ほど放り出してしまったのですが……小僧っ子、礼を言いますよ」

連れ立って灯篭を拾い上げる。リヒトがささっと最後の仕上げとばかりにマリオンの髪を整えてくれた。深い青のサファイヤの髪飾りが、月と星の光を映してきらりと光る。

さあ、準備は万端だ。マイレースレの結婚式、その始まりは祭司である〝五月女王〟の合図である。その合図は既になされているらしく、川の先ではもう数えきれないほどの灯りがぷかぷかと流されていくところだった。

「さて、おひぃさま……いいえ、マリオン。僕らも」

「ええ、リヒト」

リヒトがパチンと指を鳴らすと、ブナの木でできた灯篭の中に灯りが宿る。炎ではなく、リヒトの象徴である金色の光だ。美しく輝くその灯篭を、二人でそっと川に浮かべる。流れに乗った灯篭は、そのまま遠くなっていく。金色の輝きを追いかけて、ウカが駆け出した。その姿に笑みをこぼし、マリオンは、再びリヒトと唇を重ねた。

金色が灯る灯篭が、どこまでも遠く流れていく。その光は、決して消えることはないだろう。

終章　ほら、明日もきっといい天気だわ！

こうして、シラノの花嫁候補達は皆去り、ストレリチアス邸は本来の姿を取り戻《もど》した。本日は晴天なり。中庭に続くテラスにて、マリオンは恒例の茶会を楽しんでいた。

「それで結局、レミエル様は、第七魔法学府預かりに？」

マリオンの問いかけに、シラノは複雑そうな表情で「そういうことらしい」と頷《うなず》きを返してきた。

今回起こった事件における主犯となったオフェリヤは、ストレリチアス領から王都へ移送された後、そのまま第七魔法学府に引き取られたのだという。実質的な逮捕である。魔法使いとしての禁忌《きんき》を犯した彼女は、いくら最終的に大きな被害が出なかったとはいえ、二度と世俗に戻ってくることはないだろう。かつて《七人の罪源》に蹂躙《じゅうりん》された経験のあるレジナ・チェリ国において、魔法使いとはそれだけ恐れられている存在なのだ。

「当然のことでしょう。自らの力におぼれた愚か者の末路としてはぴったりではないですか」

「ああ、旦那様に手を出したのだからな。生涯学府に封じられる程度ではまだ甘いほどだ。極刑に処せられるべき所業だぞ」

「リヒト……ベルゼブブさん……」

テラスのテーブルに同席して、情け容赦《ようしゃ》なくオフェリヤのことを酷評する金色の美貌の青年と、青い瞳の虎の特徴を持つ美女に、マリオンは苦笑する。

マリオンとて、オフェリヤが叔父《おじ》に手を出したことについて赦《ゆる》すつもりなど毛頭ないが、それでも、と少しだけ思うのだ。やり方はどうあれ、オフェリヤが一途《いちず》に彼女にとっての〝王子様〟であるシラノのことを慕っていたことは疑いようのない事実だ。だからこそ思う。いつかリヒトがマリオンの元から離れようとしたとき、もしかしたら自分も同じような真似をしでかしてしまうのではないかと。

今回の件で思い知らされた。恋とはなんて厄介で面倒くさくて強欲なものなのかと。その恋に踊らされ、いつか自分も――と、難しい顔になるマリオンの手に、隣から伸ばされた白い手がそっと重なる。気付けば俯《うつむ》いていた顔をはっと持ち上げてそちらを見遣《みや》れば、リヒトがいたずらげに微笑《ほほえ》んでいた。

「おひぃさまは、たとえ自作自演でさらわれたとしても、あんな風に大人《おとな》しく助けを待っていてくださるだけではすまないでしょう？」

マリオンの考えていることなんてお見通しとばかりに笑みを深めた彼は、きゅっとマリオンの手を握り込み、ひょいと持ち上げて、自らの唇へと寄せる。

「僕としては、ぜひとも僕だけの助けを待っていてほしいんですがね」

「ぜ、善処するわ」

「承知いたしました。期待せずに期待しておきます」

「ちょっと！」

言外に割とはっきり「どうせ無理だろう」と断じられて、マリオンは眉を吊《つ》り上げるが、リヒトはどこ吹く風である。

もう、と頬をふくらませるマリオンの足元で、ミルクを舐《な》めていたウカがきゅん？　と首を傾《かし》げた。どんぐりのような瞳が、「どうする？　なにかおてつだいする？　リヒトのこと、ひっかいてあげようか？」なんて問いかけてきているようで、マリオンはさすがにそこまで望む気はないので、ウカの頭を撫《な》でて、なんとか怒りを収めた。

そんなマリオン達のやりとりをシラノが微笑ましげに見つめ、隣に座っているセヴェリータもくつくつと喉を鳴らして笑っている。そして。

「あーあっ！　もう！　せっかくうまくいくと思ったのにぃ！」

「ウィステリアータのお嬢さん、想定以上に使えないお嬢さんでしたわね」

ちゃっかり茶会に同席し、ロクサーヌが残していった高級茶葉で淹《い》れた紅茶を飲みながら、カプリツィアが唇を尖《とが》らせ、アーリエが物憂げな溜息《ためいき》を吐く。マリオンは引きつった笑みを浮かべた。

現在彼女らは、リヒトの魔法の効果を失い、セヴェリータ同様に再び半人半獣の姿となっているが、先日までは確かに人間の姿だった。その間、ストレリチアス領でその美貌を武器に遊び歩いた挙句、なんと、オフェリヤと接触し、ストレリチアス領の領民の名前をいくつか教え込んだのだという。オフェリヤの魔法は相手の名前を知ってこそ発揮されるもの。つまりカプリツィアとアーリエは、オフェリヤの犯行の片棒を担いだのだ。

それを本人達から聞かされたとき、マリオンは驚くよりも怒るよりも先に、なんだか呆《あき》れかえってどっと疲れてしまった。そして一周回って、「まだ諦《あきら》めてなかったのね……」と感心したものである。

「おい、アスモデウス、レヴィアタン。てめぇら、調子に乗るのもいい加減にしろよ。おひぃさまに何かあったときには、てめぇらの命は今度こそないもんだと思え」

「まったくだ。旦那様にまた手を出してみろ。蛇のローストと山羊《やぎ》肉のグリルを食卓に並べてくれようぞ」

殺気を通り越した確かな殺意を込めたリヒトとセヴェリータの言葉に、カプリツィアとアーリエは「やだぁこわぁい」「少しばかり遊んだだけですのに、心が狭いこと」なんて言ってくすくすと笑い合っている。前者二人の言葉は、後者二人にはまったく響いていないらしい。

マリオンはシラノと目配せし合って、互いに苦笑を浮かべた。リヒトとセヴェリータがこんなにも怒ってくれるからこそ、マリオンもシラノも、カプリツィアとアーリエのことを怒れないし、なんならそれほど嫌いにもなれないのだ。しかも彼女達は今回、彼女達自身にその気があったのかは解らないが、マリオンに重要な助言をしてくれた。それを思うと、やはりどうにも怒る気にはなれないのである。

リヒトの袖をちょいちょいと引っ張ると、彼は大層不満そうな顔をしたが、やがて諦めたように溜息を吐いて紅茶を口に運ぶ。そしてシラノが、未《いま》だ殺気を身にまとうセヴェリータの前に、そっと焼き菓子が乗った小皿を押し遣った。

「ベル、落ち着いておくれ。ほら、私が焼いたクッキーだ。口に合うかは解らないが、どうだい？」

「……旦那様が手ずから食べさせてくれるならばここは引こう」

「なっ！　そ、それは」

「旦那様、自分はとっても腹が減っているぞ？　ほら、早く」

あーん、と口を開けて早く早くと深い青の瞳で促《うなが》してくるセヴェリータの姿に、シラノは早々に白旗を上げた。

顔を赤らめつつも、クッキーを一つ手に取り、うやうやしくセヴェリータの口に運んでやる。さくり、と小さな音を立ててそれを嬉《うれ》しそうに咀嚼《そしゃく》した彼女は「今度は自分の番だな」と自らもまたクッキーを一つ持ち上げた。

「さ、旦那様。あーん」

その肢体《したい》をシラノにすり寄らせ、セヴェリータは彼にずずいと迫る。シラノが勝てるわけがない。ごくりと息を飲んだ彼は、意を決したようにその口を開く。セヴェリータは、その口に優しくクッキーを放り込んだ。

「……その、ありがとう、ベル」

「ふふふ」

甘ったるいやりとりに、カプリツィアが「うえ」と砂でも口に押し込められたように舌を出し、アーリエがころころと「仲がよろしいこと」と笑う。そのときだった。

――カッ！

深い青の光がセヴェリータを包み込む。一瞬の出来事だった。

目を閉じることすら忘れて呆然《ぼうぜん》とするマリオンとシラノ。あーあ、と遠い目になるリヒト。うっそぉ、と瞳を見開くカプリツィア。そしてあらあらと瞳を瞬《またた》かせるアーリエ。五人分の視線を一身に浴びて、そこに座っていたのは、セヴェリータだ。先ほどまで確かにあったはずの虎の特徴、それらすべてが消え、完全に一人の美女の姿となった彼女は、自らの身体を確かめるかのように抱き締めてふるりと震えると、満面の笑みを浮かべた。

「また封印が完全に解けたようだな。旦那様のクッキーのおかげか」

ふふ、と笑みを深めた彼女は、そうして、隣のシラノに思い切り飛びついた。うわあっ!? とシラノは悲鳴を上げて椅子ごとひっくり返るが、それでもセヴェリータのことはしっかり庇《かば》い、受け止め、抱き締めているのだからさすがである。

「旦那様……いいや、シラノ様! 自分はあなたを愛しているぞ!」

「……ああ。私も、ベル。セヴェリータ。私も君を愛しているよ」

床に転がって抱き締め合うシラノとセヴェリータの姿に、アーリエとカプリツィアが顔を見合わせて「バカップルが増えたわね」「お熱いことですわね」とうんざりした様子で肩を竦《すく》めている。マリオンは「またこんな簡単に封印が解けるなんて……」ともはや言葉もない。

そんなマリオンの目の前に、リヒトが突然、何やら重みのある、両手に収まる程度の革袋を置いた。ぱちり、と瞳を瞬かせて彼の方を見遣ると、リヒトは実に不服そうな表情を浮かべていた。

「リヒト? どうしたの? それにこれ、何かしら」

「ご確認ください」

「え? ええ」

なんだろう、と思いつつ、革袋のひもを解く。そしてマリオンは、思い切り顔を引きつらせた。

「こ、こここここれって」

「はい。お約束の金貨十枚です」

「どうしてまた⁉」

ついぞお目にかかれない大金を前にしておののくマリオンに、リヒトは粛々《しゅくしゅく》と無表情になって「僕の負けですから」と続けた。

リヒトの、負け。お約束。金貨十枚。

その言葉から導き出されるのは、先達《せんだっ》てリヒトが一方的に持ちかけてきた賭けの件だ。

「叔父様のお相手についての、あれ？　でも、あれはむしろ私が負けってことになるんじゃ」

結局、王都からやってきた花嫁候補達はすべて脱落してしまった。となればマリオンの負けのはずだ。だが、リヒトの表情から察するに、そうではないらしい。彼はやはり実に不服そうな表情で、くいっとあごで未だに床の上で抱き締め合っているシラノとセヴェリータを示す。

「あのご様子で、旦那様のお相手が決まっていないだなんて言えないでしょう。だから、僕の負けなんです」

「そ、そう、なの？」

「はい」

「そ、そう……」

リヒトの断固とした態度は、マリオンの反論のすべてを封じてしまう。金貨十枚を得られたのは確かにありがたい。これでまた屋敷の修繕ができるし、しばらくは食費にも困らない。けれどうしてだろう。なんだか納得できないものがある。

決して賭けに負けたかったわけではない。負けたらどうなるのかと正直なところものすごーく不安だった。金貨十枚分の自分とはなんだろう、とさんざん頭を悩ませたこともある。でも。

「じゃあ、リヒト。引き分けってことにしない？」

「……はい？」

ぱちり、と、濃金色の瞳が瞬く。どういう意味かと無言で促してくる彼の手に、マリオンは無理矢理、ずっしりと重い革袋を握らせた。

「金貨は、ここから半分の五枚を出してくれる？」

「ですが」

「それで、その五枚のうちの一部を使って、その」

きゅっと革袋ごとリヒトの手を握り込み、マリオンは顔を赤らめ、勇気を振り絞って続けた。


「私と、一日、デートしてくれない？」


それは、丸一日、自分のことを独占してくれないかという、マリオンにとってはとんでもなく気恥ずかしくてならない提案だった。

リヒトと恋人になっても、日々の家事に追われるマリオンは、彼とデートなんて一度もしたことがない。それなのにロクサーヌが彼と町に出て、髪飾りまで買ってもらっていたことについては、実はマリオンはかなりうらやましく思っていた。やはり恋においては、そしてリヒトについては、マリオンは《寛容》ではいられない。どこまでも《強欲》になってしまう。

だめかしら、と、ちっとも返事をくれないリヒトの方をうかがうと、彼は濃金の瞳を見開いてこちらを見つめていた。ばちりと視線がぶつかり合う。するとその濃金の瞳が、蜂蜜のようにに甘くとろけた。

「はい、おひぃさま。喜んで」

瞳に宿る光に負けず劣らず甘い声だった。けれどそれだけでは足りない。リヒトの唇に人差し指を押し付けて、マリオンは顔を赤らめながら続ける。

「ここはマリオンって呼ぶところでしょう？」

確かにマリオンはリヒトの〝お姫様〟だけれど、今はちゃんと〝マリオン〟と呼んでほしかった。だってマリオンは、リヒトの〝恋人〟なのだから。

その言葉に、またぱちりと瞳を瞬かせたリヒトは、唇に押し付けられたマリオンの指先を握り込み、その先端に口付けて、「失礼いたしました」と微笑む。

「それでは、マリオン。あなたの一日を、僕にくださいますか？」

甘やかな問いかけに対する言葉なんて、もう最初から決まっていた。にっこり笑って頷きを返すと、リヒトもまた嬉しそうに笑ってくれる。

ようやく立ち上がったシラノとセヴェリータも、マリオンとリヒトのやりとりに笑っているし、アーリエとカプリツィアはうんざりとした様子だが、邪魔立てする気はないらしい。

きゅん！　と足元でウカが鳴いた。ぼくもついていくよ！　という気持ちらしい。もちろんよ、と彼のことを抱き上げると、リヒトがむっとしたように眉をひそめた。その表情が子供のようなそれだったから、マリオンはつい噴き出してしまった。他の面々も同様だ。周囲の反応にリヒトはさらにむっとしたようだったが、やがて彼も諦めたように笑う。

ストレリチアス邸に笑い声がこだまする。今日も明日も明後日も、それから先もずっと、こうしてこの屋敷はにぎやかなのだろう。

「リヒト」

「はい」

「デート、楽しみね」

期待をたっぷり含んだ笑みを向けると、リヒトもまた笑みを深めた。そして続いた彼の言葉が何たるかは、もう、わざわざ言うまでもないものなのだろう。

あとがき

こんにちは。中村朱里です。このたびは『災厄令嬢の不条理な事情2　使用人が私だけに甘すぎて身の危険を感じるのですが！』をお手に取ってくださり、誠にありがとうございます。マリオンとリヒトの物語、まさかの続刊が叶いました。今回も前回の教訓をいかせずに最終的に約七十ページほど削ることになりましたが、無事に一冊の本という形になってくれたことを大変嬉しく思います。

美麗なイラストを寄せてくださった鳥飼やすゆき先生、当作品のためにご尽力いただいたすべての皆様、そして、手に取ってくださった読者様に、改めまして、心からの感謝を込めて。『災厄令嬢の不条理な事情2』が、どうか読んでくださった方の日々の、その彩りの一つとなれますように。※コミカライズ決定ありがとうございます！

二〇二二年三月某日　中村朱里

＊＊＊

「……賭けは僕の負けですね」

その手に灯篭を抱え、マリオンと待ち合わせている川辺へと急ぎながら、リヒトはぽつりとつぶやいた。今宵はマイレースレの結婚式。ようやく迎えた美しい夜だ。

今回の騒動の始まりに、リヒトはマリオンに賭けを持ち出したが、シラノと《暴食》の魔法使いのあの様子を見せつけられてしまったら、リヒトは敗北を認めざるを得ない。誠に遺憾ではあるものの、それでも、敗北を認めてもいいと思えるのだ。

──リヒトは、わた、私のなんだから!!

ああ、あの必死な声音の、なんて甘美たることか！　その言葉こそをリヒトは求めていた。マリオンがリヒトのものであるだけではちっとも足りない。意味がない。マリオンにとって、リヒトもまた彼女のものであるのだという、それ相応の覚悟をもってもらわねばならなかった。それこそが自身のわがままであると解っていてもなお、求めずにはいられなかったのだ。マリオンはリヒトだけのもので、他の誰にも譲れない存在であるのだと、彼女自身に認めさせ、思い知らせるために。

「さて、おひぃさまはもうお待ちですかね」

もしもこの灯籠が無用となったそのときには、今度こそマリオンのことを誰の目にも触れさせない場所へさらってしまおうと思っていただけに、この灯籠の出番がやってきてくれてよかったものだと、リヒトは一人笑ったのだった。

《終幕》

IRIS ICHIJINSHA

災厄令嬢《さいやくれいじょう》の不条理《ふじょうり》な事情《じじょう》2
使用人《しようにん》が私《わたし》だけに甘《あま》すぎて身《み》の危険《きけん》を感《かん》じるのですが！

2022年５月１日　初版発行

著　者■中村朱里

発行者■野内雅宏

発行所■株式会社一迅社
〒160-0022
東京都新宿区新宿3-1-13
京王新宿追分ビル5F
電話03-5312-7432（編集）
電話03-5312-6150（販売）

発売元：株式会社講談社
（講談社・一迅社）

印刷所・製本■大日本印刷株式会社

ＤＴＰ■株式会社三協美術

装　幀■今村奈緒美

ISBN978-4-7580-9455-9

この本を読んでのご意見
ご感想などをお寄せください。

おたよりの宛て先

〒160-0022
東京都新宿区新宿3-1-13
京王新宿追分ビル5F
株式会社一迅社　ノベル編集部
中村朱里《なかむらしゅり》 先生・鳥飼《とりかい》やすゆき 先生